나의 외침,

나의 메아리

나의 외침, 나의 메아리

초 판 1쇄 2023년 12월 11일

지은이 조나단
펴낸이 류종렬

펴낸곳 미다스북스
본부장 임종익
편집장 이다경
책임진행 김가영, 박유진, 윤가희, 이예나, 안채원, 김요섭, 임인영

등록 2001년 3월 21일 제2001-000040호
주소 서울시 마포구 양화로 133 서교타워 711호
전화 02) 322-7802~3
팩스 02) 6007-1845
블로그 http://blog.naver.com/midasbooks
전자주소 midasbooks@hanmail.net
페이스북 https://www.facebook.com/midasbooks425
인스타그램 https://www.instagram/midasbooks

© 조나단, 미다스북스 2023, *Printed in Korea*.

ISBN 979-11-6910-410-4 03810

값 17,000원

※ 파본은 본사나 구입하신 서점에서 교환해드립니다.
※ 이 책에 실린 모든 콘텐츠는 미다스북스가 저작권자와의 계약에 따라 발행한 것이
   므로 인용하시거나 참고하실 경우 반드시 본사의 허락을 받으셔야 합니다.

미다스북스는 다음세대에게 필요한 지혜와 교양을 생각합니다.

광기와 욕망과 이상에 관한
91편의 글

나의 외침,
나의 메아리

조나단 지음

미다스북스

서문

"어떤 존재의 삶을 기억하거나 기억될 때, 그 기억은 진정 그 존재나 나인가?"

　이러한 질문을 몇 년 전, 학창 시절에 떠올렸고, 이의 대답은 복잡한 구조와 과정으로 이루어진 간단한 문장이었다. 그러나 과정에 대하여, 그것이 이상적으로 옳았다고 말할 수 있는가 묻는다면, 쉽게 그렇다 대답하지 못하겠다. 적어도 내게 이성적인 문장들의 감성적 충돌, 가치의 확립과 이상 추구란 그런 것이다. 이 책에서 다루어질 내용이 그것의 연장선이라고 말하기엔 희미한 연관성만을 가지는 듯싶지만, 지금은 아무도 모르는 이야기일 테다.

이해하지 못할 불완전함에서 의구는 비로소 탄생한다. 세계를 보면 그런 것들을 볼 수 있다. 그렇게 세워질 수 있었다고 또한 믿는다. 그러나 과정에 대하여, 그것이 옳았다고 말할 수 있는가 묻는다면, 쉽게 그렇다 대답하지 못할 것이다. 그러나 건재하는 세계에 관하여 우리는 무엇을 말할 수 있겠는가?

이것은 위와 같은 모든 것의 글이다. 이곳에 존재할 것, 그것은 물음이다, 묘사다, 이상을 위했던 간절함이다. 이 책에서, 어떤 세계를 우리는 말하게 될 것인데, 그때 나는 우리가 더는 비춰진 세계를 보아선 안 된다고 생각한다. 어떤 이유라도 말이다. 그 세계가 무엇이며, 비춰진다는 건 또한 무엇을 의미하는 건지 전부 설명하고자 한다만, 그것의 실재라던가, 그것의 영향이나 의미와 같은 이야기는, 우리가 아주 먼 미래에 다시금 나누어야만 할 것이다.

그러므로 우리는 이 책에서 특별히 나누었던 이야기를 안고 살아갈 수 있어야 하며, 이는 삶의 의미라던가, 존재의 이유라던가 하는 내용을 다루는 것은 아니기에, 이것으로 살아갈 수 있어야 한다는 말이 무엇을 의미하는 것인지 혼란스러울 수 있으나, 말 그대로 '살아갈 수 있어야' 한다. 언젠가 우리가 다시 나눌 어떤 이야기를 위하여,

메아리를 위하여!

이천이십삼년, 십일월

조나단

차례

1장

이유 1

내가 기어코 글을 쓰게 된 것은 어떤 사명감이나, 주체할 수 없는 영감 같은 것이 아니었음을 밝히고 싶습니다. 굳이 내가 이것을 밝히는 이유를 최대한 단순하게 말해야만 한다면, 이것은 잘 조직된 글이 아님을, 또한 그런 것을 크게 바라지도 않았음을 밝히는 것이 다소 난무해 댄 나의 글로부터의 혼란을 줄일 수 있으리라 생각하기 때문입니다.

그때 무엇을 위해 이 글을 썼는가 내게 묻는다면, 나는 그것이 오직 단 하나의 질문에서 시작되었으며, 그것이 또한 가능하게 만들었다고 대답하겠습니다. 그러므로 나의 이 글은 어떠한 관점에서는 대답이거나, 질문에 대한 고찰이며, 혹 둘 다 아닐 수도 있습니다만, 사실 이는 내게 그리 중요하지 않습니다. 다소 이른 이곳임에도 명백히 말할 수 있는 것은 단지 나는 질문했고, 글을 썼으며, 그것이 존재할 뿐이라는 것입니다. 나는 아직도 질문하고 있고, 글을 쓰고 있으며, 그것이 이곳에 존재할 뿐입니다.

　간단한 이야기입니다. 여기에서, 만일 우리가 이후 밝혀질 주제나 질문에 있어, 그것들 모두의 피상적인 부분만을 다루고자 한다면, 이것은 아주 적은 시간과 노력, 생각만을 필요로 할 거리임에 불과할 것입니다. 그러나 적지 않은 떨림을 느끼고 있습니다. 다분히 절제된 말투로 말하고 있습니다만, 사실 그와는 반대된 마음으로 글을 쓰고 있기에, 어느 순간 갑자기 튀어나온 것처럼 느껴질 편지글과 후반부 글의 전개가 다소 너저분하게 보이지는 않을지 걱정하고 있습니다. 그러므로 나는 글의 전제와 사용될 기본적 단위, 추상적 묘사를 주저 없이 적어낼 것에 양해를 구하고 있음을 밝히겠습니다.

이것을 결과라고 부르기에는 불완전합니다. 아직 나는 나의 질문, 그러니까 나의 질문의 원인도, 내가 고찰했던 것이나 들추어 보았다고 말할 수 있는 것 등, 그 무엇에 관하여도 이야기하지 않았지만, 그것들을 모두 제쳐놓고서 말입니다. 이것을 외침이라 말하는 것이 현재의 글 진행도로서는 적합하겠습니다. 또한, 기본적 형식은 편지이나, 이것이 무엇에 관한 것인지, 이어지는 곳에서 직접 밝히지는 않고자 하니, 이에 양해를 더불어 구하겠습니다.

말할 수 있는 것은, 이것이 구십일 일간의 무언가라는 것입니다.

의구

어느 누군가들이 그러하듯, 나 또한 세상을 보며 자랐습니다. 세상을 보았다는 것은, 곧 사람을 보았다는 의미가 될 수 있습니다. 우리가 말하는 세상이라는 것의 본질은 사람이기 때문입니다. 세상을 이해할 수 있게 만드는 것 또한 사람 없이는 불가능하기 때문입니다. 오, 부디 이해해 주십시오. 물론 알고 있습니다, 세상이 곧 사람이라고 간소화해버리는 것에는 필시 오류가 존재할 수 있으며, 나 또한 그리되는 것에 경계합니다만, 여기서는 감히 이렇다 간주하며 이야기를 강행하겠습니다. 시작되는 것은 글의 전제이며, 글의 전제란 말의 전제, 이곳에 쓰일 모든 생

각의 전제이자, 이 책으로 인해 존재케 될 어떤 주제의 전
제입니다.

　내가 본 세상에 나는 의구심을 가지지 않을 수 없었습니
다. 이것이 중요한지, 그렇지 않은지, 이것을 이야기한다
는 것은 실상 진작에 이것이 내게 중요했다는 의미가 되겠
지만, 나는 큰 관심이 없었습니다. 그것을 따지는 것이 내
겐 그리 중요하지 않았음을 이야기하려는 것입니다. 내게
중요했던 것은 의구심이 존재하는 당시의 때로, 나는 그것
이면 충분하였습니다. 그러므로 이곳에서 역시 그것만을
다루고자 합니다. 더불어 그때 나는 불현듯 부정하지 못할
끌림을 느끼고 있었다는 것을 밝히고 싶습니다.

　어느 날 문득 떠오른 것은 열 몇 자 남짓의 문장이었습
니다. "사람은 왜 타인에 대한 광기를 가지는가"가 그것이
었습니다.

단순 열여섯 자의 문장으로 정리하는 데까지도 적지 않은 시간이 필요했습니다. 사실은 뭐랄까, 이 문장을 질문으로서 인식하는 과정이 말입니다, 이것이 질문이 될 수 있는지에조차 나는 질문한 적이 있었기에 혼란스러운 현상의 존재를 직면하는 데 그 관점을 확립하는 것이 그렇게도 오래 걸렸습니다. 그렇습니다, 나는 궁금했습니다. 사람들이 타인에 대해 쏟는 그 많은 것들은 어째서 광적인가, 광적이어야만 하는가. 무엇에 의해 눈에 불을 켜고 그토록 관심을 쏟으며, 궁금해하는 것인가, 다가가는 것인가, 만지려 하는 것인가. 이를 간단히 궁금하다는 말로 표현하는 것이 개인적으로 만족스럽지는 않습니다만, 우선은 이것이 '단순히 타인의 취향이나 생각을 궁금해하는 것'을 포함하지만, 그보다 더 큰, 인간 본질적인 부분임을 말하고 있음을 밝혀두겠습니다. 어떤 때는 이것이 단순 호기심을 넘어 광적인 것 같다고 나는 생각했습니다. 아니, 이것은 광적임이 분명하다고 느꼈습니다. 인식적인 측면에서, 마치 그들에 대해 궁금해하지 않으면 살아갈 수가 없는 존재 같다고 느껴질 때가 있었습니다. *그리고 살아가지*

못한다는 것은 그래, 그들의 죽음을 말하는 것입니다.

그 답에 대해 생각하기 시작한 것은 이후의 이야기지만, 상황을 조금 더 묘사하자면, 그 궁금증의 크기가 나는 두려웠습니다. 여기에서의 궁금증은 타인에 대한 사람들의 궁금증을 말하는 것입니다. 사람에 대한 사람의 궁금증이란 것이 그것이었습니다. 무언가 나는, 그들이 그들의 한계나 필요 이상으로 궁금해하고 있는 듯한 느낌이 들 때가 있었습니다. 어떤, 악질적이거나 해를 유발하는 것이 아니라면, 많은 궁금증은 괜찮고 정상적이며, 혹 오히려 필요한 것으로 생각될 수도 있지만, 내게 그것은 명백히 사람을 죽음에 이르게 할 만한 것이며, 필시 그렇게 이끌 만한 것이었기에 그리도 두려워했던 것입니다. 이해할 수 없는, 그들에게 존재하나, 그 의미가 불분명한 것이 이곳에 있었습니다.

그 이해하기 어려운 광기가, 내게는 사람이, 세상이 마치 그것에 지배된 것처럼 보였기에 나는 두려웠던 것입니다. 오직 이것이 나로 하여금 글을 쓰게 하였습니다. 그러나 두려움의 압박보다도 나의 의구란, 비할 수 없이 컸음을 이야기하고 싶습니다.

　그리고는 단 하나의 가능성을 떠올렸습니다. 그것의 시작과 끝이 동일한 지점에 있음을 나는 또한 떠올렸습니다. 그것은 어떠한 욕망이며, 그 욕망은 적어도 떠올린 모든 것의 근원이었습니다. '자신에 대한 욕망'. 이것이 내가 떠올린 단 하나의 가능성이었습니다. 그러나 알아주시겠습니까, 이것을 이야기하기 위해 우리는 이어질 인간 본질과 세계를, 자아를 이야기하지 않을 수가 없습니다. 하나, 이는 객관적이기 어려운 주제이며, 다분히 내가 다루는 이야기가 어떤 부분은 합리적일 수 있으나, 어떤 부분은 그저 감성적 추측에 그칠 만한 것이기에, 이는 어떠한 하나의 이론이 아님을, 단순히 나의 그러한 이야기들을 정리한 것임을, 그러나 언제까지라도, 결코 개인적일 수 없을 것임을 알아달라고 먼저 밝히고 싶습니다.

세계

이곳에서는, 사람과 관계의 이야기로 시작하는 것이 필요하여집니다. 나는 말입니다, 사람 한 명 한 명이 각각의 세계라고 생각한다는 말로 이것을 시작하려고 합니다. 우리가 '세계'라고 말할 때 떠올리는 그 특성들로서의 세계 말입니다. 그럴듯한 비유가 아니라, 실제로 그렇다고 볼 수도 있을 겁니다. 사실 다양한 말로 이와 같은 이미지를 표현할 수 있지만 '세계', 내게는 이것이 내가 그리는, 또한 인지하고 있는 이미지에 가장 부합하는 것이기에, 이곳에서부터 나는 이를, 세계라 칭하도록 하겠습니다.

인간에게 세계는 중요합니다. 아직은, '존재 자체가 의미'라고 우리는 해둘 수도 있겠습니다. 그 속에서 개인이 살아가므로 말입니다. 각자의 세계 속에서 각자는 비로소 존재할 수 있다고 우리는 볼 수도 있는 것입니다. 이러한 세계라 함은 불가침의 영역이기도 하여, 언젠가 나는 이것이 괜히 궁금해지기도 했습니다. 그러나 이것은 영원한 개인이자 타인인 내가 알 수 없는 어떤 세계에 관한 이야기, 그것이었습니다.

만일 내가 무언가에 빗대어 표현하고자 한다면, 이 다소 추상적인 내용을 생각보다 구체적인 이미지로 상상해 볼 수 있는 것 중 가장 큰 것이 나는 우리의 머리 위 아득한 곳으로부터, 이곳까지, 그 모든 곳을 거쳐 일어날 어떤 사건이라고 생각합니다.

이야기하기 전에, 내가 추상적인 표현을 기반으로 이것을 설명해야만 함을 알아주었으면 합니다. 나의 편지에서도 그럴 것이고, 현재의 이 글에서도 알 수 있듯이 말입니다. 그러나 적당히 얼버무리는 역할로서가 아닌, 진정으로 어떠한 가능성을 지닌 추상은 한편으론 가능한 최선의 표현입니다. 굳이 여기에서 자세히 말하지 않겠지만, 나는 객관적 표현이라 함은 어떠한 기준 속에서 비로소 절대적일 수 있다고 보기에, 오히려 이 글에는 필요치 않다고 믿습니다. 나는 모두가 각자의 세계에서 보는 세상을 그리길 바랍니다. 특히나 세계를 다루는 주제에서는 말입니다. 모두가 그저 개인 감상의 존재를 인식하며, 그것이 실존케 되길 바라봅니다.

비록 이것이 우리가 나누던 이야기의 흐름을 잠깐 끊어놓았더라도 이런 것들을 하나하나 풀어 이야기하는 것은 중요합니다. 겉치레나 맹목적인 표현의 향연이라고 볼 수도 있을 이것들은 우리가 언젠가 서로의 세계에서 서로가 그리는 하나의 도형이 어떻게 같은지 이야기할 수 있을 기반이 이러한 과정에서라야 가능성으로 존재케 될 것을 의미함을 나는 말해두고 싶습니다.

오래전 나는 이곳으로부터 약 250광년 정도 떨어진 안드로메다은하가 우리은하로 다가오고 있다는 이야기를 들었습니다. 언젠가, 내가 기억하기로, 몇십억 년 후에는 우리은하와 안드로메다은하가 충돌할 것이며, 결과적으로 두 은하가 합쳐져 그 자체로 또 다른 은하로서 새로이 존재케 될 것이라는 이야기를 들었습니다. 상상해볼 수 있겠습니까, 태양계' 단위 정도가 아니라 '은하' 단위의 맞닿음이라니 말입니다. 그때부터 나는 이것이 사람과 많이 닮아 있다고, 아니, 어쩌면 본질적인 모든 체제로서는 애초에 같다고 볼 수도 있으리라 생각했습니다. 상상해볼 수 있겠습니까, 물론 이는 글을 쓰는 나와, 읽고 있을 누군가들은 경험하지 못할 이야기, 가히 환상이라 여길 수 있을, 그런 이야기일 것입니다. 그럼에도 말입니다, 마침내 두 은하가 닿아, 그것조차 현 인간이라 불리는 우리와 우리의 존재들에게는 너무나 오랜 기간의 과정이지만, 분명히 그때에는 만남과 관계, 죽음과 탄생, 예측 가능한 것과 불가능한 것이 그곳에 한데 모여 있는 것입니다. 무언가 우리가 알지만 알지 못할 것의 탄생이라는 겁니다.

이것을, 나는 생각하는 것만으로도 마음이 벅차 무엇에도 집중하지 못할 때가 있었습니다. 그중 몇 번은 그냥 아주 영원히 살아버려서, 그것을 내 눈으로 직접 보고 싶다는 파괴적인 생각도 하곤 했습니다. 그렇지만 말입니다, 이것이야말로 세계와 세계가 아니겠습니까, 그 두 세계가 결국 만나 발생하는 아니, 발생할 수밖에 없는 일들을 상상해 볼 수 있느냐는 것입니다. 이것과 더불어 나는 말하고 싶습니다, 인간도 그러함을, 나와 당신은, 사람이라 불리는 우리는, 진정으로 무수한 세계 속에 살아가고 있다는 것을 말입니다. 그러한 모든 관계는 말 그대로 세계와 세계의 관계라는 것을 말입니다.

앞으로 이야기할 것이 그 무엇이든 간에 그것을 다루기 이전에 우리는, 완전히 이해하는 것이 불가능할지도 모를 이 커다란 사건들의 존재를 먼저 인식해야만 할 것입니다.

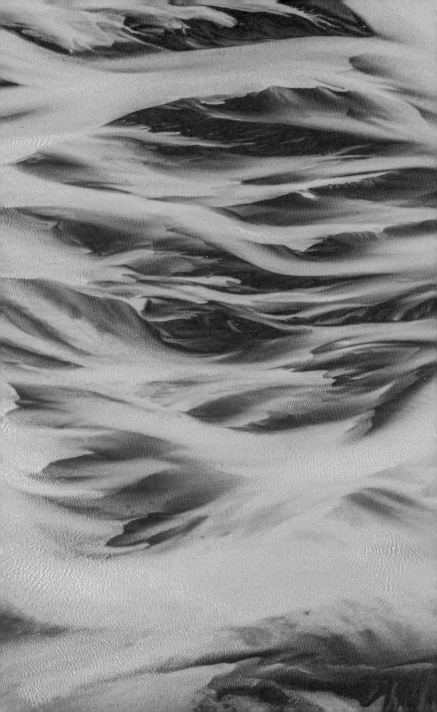

2장

외침

여기에 와서야 나는 지금까지 내가 말하던 내용과 연결되면서도 독자적인, 동시에 뒤이을 상대적으로 다소 방대한 양의 추상적, 사실적 묘사의 집합이라고 말할 수 있는, 그런 글들의 소개를 할 수 있게 된 것입니다. 구십일(91)의 편지, 이것이 실려야만 했던 이유를 실상 모든 글에서 말하고 있지만, 굳이 짚어 놓아야 할 것만 같습니다.

그래, 앞의 이야기가 어떻든, 나는 글을 쓰게 되었습니다. 나는 편지를 쓰게 되었는데, 이것의 이유와 의미가 무엇인지 밝히는 것은 그 순간부터 어느 정도 제한의 의미를 가지겠지만, 애초에 이것이 절대적으로 자유롭길 바라지도 않았기 때문에, 이것의 어떠한 부담도 내겐 없습니다.

 이것은 외침입니다. 말 그대로, 이것을 나는 나름 적극적으로 외치기 위해 시작하게 되었습니다. 어떤 관점에서, 내게는 외치는 것밖에 별다른 경우의 수가 존재치 않았다고 말할 수도 있습니다. 이 경우, 외침은 오히려 호소에 가까운 것이며, 의미란 것은 동시에 감소하기 시작하고, 여기에는 간접적인 강제성이 부여되어, 나는 '어쩔 수 없이' 외치는 것이라 주장해야만 할 이 행위를 강행하게 되었다고 말할 수도 있을 겁니다. 부정하고 싶은 생각은 없습니다. 이러한 과정에 부정하려 드는 것은 현재 내게 필요하지 않기 때문입니다. 다만, 그럴 수 있다고 한들, 이것은 그렇게 간단히 설명될 수 없다는 것을 나는 설명해야만 합니다.

 한편으로는 그래, 이것이 시와 같아 보이기도 할 겁니다.

그러나 이것을 시라고, 묘사와 추상적 표현, 어떤 특정 주제와 의식만을 담은 것이라고 볼 수는 없습니다. 이것의 본질은 편지입니다. 이것을 잊어버려선 안 됩니다. 또한, 내가 이것이 편지라고 밝히는 것의 의미를 밝히지 않겠으나, 그렇더라도 알 수 있을 겁니다. 편지의 본 의미와 역할에 관하여, 그 필요충분조건에 관하여 나는 말하지 않겠습니다. 지금은 그저 나 또한 그러한 의미를 대입하고자 했으며, 이것은 그래, 외침이자, 어떤 면에서는 호소이며, 어떤 면에서는 묘사의 집합이며, 어떤 면에서는 누구도 이해하지 못할 개인적인 표현들이며, 어떤 면에서는 그렇기에 누구나 이해할 수 있으며, 이것은 그뿐 아니라 그 자신의 글이 되어 마땅할 그런 것이라는 사실을 밝혀야만 하겠습니다.

실상 이 글이 어떠한 관점에서는 대답이거나, 질문의 고찰이거나, 혹 둘 다 아닐 수도 있다고 이야기했던 나는, 곧바로 그것이 내게 중요하지 않았다며 이어갔지만, 그럼에도 '구십일(91)의 편지'가 어떤 의미인지 물어오는 질문이 이곳에 존재하는 한, 우선 이것이 무엇인지 밝힐 필요가 있습니다.

가장 원초적인 세계로의 물음이 그것입니다. 다소 추상적으로 여겨지곤 하는 - 실제로 내게도 그렇게 멀게 느껴지기만 하는 - 세계와의 거리를 감히 가늠하려는 묘사입니다. 그렇기에 추상적인 것은 더는 무언가를 나타내려는 것이 아니라, 정말로, 어떤 경우에 - 여기에서는 아직 나의 경우에 -, 있는 그대로의 묘사가 될 수 있습니다. 이제 이것은 더욱 직접적인 매개로서의 의미를 또한 가집니다.

나의 세계에서 유일할 미술 선생으로 기억될 이는 말했습니다. "혹 명확하지 않은 것, 분명하지 않은 것이 있다면, 그것을 억지로 꾸며내거나, 분명해질 때까지 기다리지 말고, 그 상태 그대로를 그릴 것, 그 상태를 표현하고자 할 것." 이것은 몇 년간 일관되었던 그의 말을 정리하여 기재한 것입니다. 이것을 기억하는 내가 현재 명백한 문장들로 표현해내는 불완전한 것들에, 가히 무책임하다고 여겨질 수도 있는 이 상황 속에 나는, 왠지 모를 의미의 전율을 느낍니다.

　다시금 이 외침을 말하자면, 이것은 그저 구십일 일간의 무언가입니다.

유월

이천이십삼년, 유월, 이십팔일

나는 당신에게 보낼 글을 쓰기로 했습니다. 나는 당신을 모릅니다. 당신도 날 모르겠지요. 아마 우리는 살면서 단 한 번 마주치지 못할 수도 있겠습니다. 그렇지만 믿어주시겠습니까, 그런 당신을 위해 나는 이 글을 쓰기로 했음을, 이런 무모한 행위의 시작이 오직 당신으로부터였음을, 그렇다면 부디 기다려주세요.

언젠가 모두 묶어 보내겠습니다. 긴 마음이 될 겁니다. 긴 생각이 될 겁니다. 당신이 결국은 감당해 내야만 할 나의 존재가 될 겁니다. 그렇지만 부탁하건대, 너무 많이 걱정하지 마십시오. 당신의 존재는 기꺼이 내가 감당하겠습니다. 당신이 나를 존재케 한다면 나 또한 당신을 존재케 하겠습니다. 혹 당신이나 내가 서로게 희미해지더라도 그것이 소멸의 징조가 아님을 나는 밝혀 보이겠습니다.

이천이십삼년, 유월, 이십구일

마음이 앞섭니다. 지나친 생각에 머리가 울립니다. 그러나 감당하겠습니다. 나아가 이 글이 당신에게 도착하지 않더라도 두 눈을 문질러가며 잠을 깨어 쓰겠습니다. 이건 어떤 고백 같은 게 아닙니다. 단지 설명해야 할 것 같았기 때문입니다. 증명해야 할 것 같았기 때문입니다. 두려운 마음을 알아주시겠습니까.

그렇지만 사실은 두려운 마음이라도 선명해지길 나는 바라고 있습니다. 이 조그마한 마음을 또한 알아주시겠습니까. 정말이지 나는, 나는 말입니다, 그러나 멋대로 가루를 떨궈대는 마음이란 것을 두고도 앞서곤 합니다. 그러니 마지막으로 알아주시겠습니까, 이것의 이유도, 이것이 가능해질 이유도, 처음부터 내게 존재치 않았다는 것을 말입니다.

이천이십삼년, 유월, 삼십일

언젠가 당신이 이 글을 만난다면, 당신은 내 기억과 마주치겠지요. 그래요, 나의 기억. 그제야 당신은 나의 기억과 비로소 대화하는 겁니다. 나는 영영 알지 못하겠지요. 당신이 기꺼이 답장을 보내준다면, 그렇대도 우리는 서로의 기억과만 만날 수 있겠지만, 그거면 충분할 겁니다.

나는 기억에 관해 이야기하고 싶습니다. 나와 당신의 기억이 만나는 순간을 어떻게 바라보아야 할지 나는 생각해 보았습니다. 글을 읽는 당신은 나의 미래의 당신. 그런 당신이 보는 나는 기억. 그렇게 우리는 만나게 될 겁니다. 그러나 그래도 괜찮다고 나는 말하고 싶은 겁니다. 나는 가능성을 무시하지 않았습니다. 또한, 나와 당신은 끊임없이 갈망합니다.

내게 기억은 어렵습니다. 이해하기에도, 그리고 직접 하거나 그 존재를 실제로 인식하기에도. 하지만 그럼에도 우리가 유일하게 만날 수 있는 수단이 그 기억이라면, 얼마나 소중합니까, 기억이란 것은.

칠월

이천이십삼년, 칠월, 일일

잘 잤습니까. 꿈을 많이 꾸었습니까. 꿈은 잠에서 깨어나기 직전, 현실에 적응하기 위해 현실과 비슷한 세계를 그리며 서서히 깨어나기 위한 준비를 하는 거라고도 하지요. 묻겠습니다, 당신은 꿈입니까. 혹 나는 당신의 꿈입니까. 서로에게 사라질 형태로 우리는 존재합니까. 또한, 그것이 전부라고 당신은 말하렵니까.

그렇지 않다고 나는 말하겠습니다. 내가 이렇게 말할 수밖에 없음을 이해해 주시겠습니까. 나는 한편으로는 당신 또한 그렇지 않다고 말해주길 바라고 있다는 것도 말입니다.

정말로 우리는 꿈일 수도 있습니다. 그것은 너무나 환상 같은 것 일지도요. 그렇지만 그것이 존재하지 않는다고 차마 말할 수 없지 않겠습니까. 그곳에서 나는 그저 조금 더 나아가자고 말하고 있을 뿐입니다.

이천이십삼년, 칠월, 이일

며칠째 비가 쏟아지고 있었습니다. 우산을 가지고 나갔으며, 실상 우산이 그 존재 의미를 잃을 만한 비였지만, 괜히 나는 밖으로 나가곤 했습니다.

모래터에 빗물이 고여 있는 것을 봤습니다. 그 규모가 꽤 커서 당신과 내가 함께 지낼 수 있을 정도의 크기였습니다. 아, 그렇게 우리가 누우면 귀가 잠긴 채 힘껏 주름 세운 눈, 스며드는 빗물에 선득한 느낌이 들다가도 간지럽혀 오는 그것들은 내 옆에 누웠을 당신보다도 더 사람같이 느껴질 것만 같습니다.

항상 비가 올 때마다 딱 맞추어 이 정도의 규모로 고여 있는 모습을 보면서 나는 어쩌면 이곳에 정말로 사람이 누웠던 것이 아닐까 하는 말도 안 되는 생각을 해보기도 합니다. 이것은 그다지 의미 없는 이야기이지만, 이것과 함께 나는 상상하곤 합니다. 나는 정말로 누워보고 싶다고 말입니다. 물에 덮여 이내 녹아들 나의 몸을 상상해보곤 합니다.

이천이십삼년, 칠월, 삼일

    검은 좌식 의자에 앉는 순간 먼지가 입니다. 빛에 닿아 선명하게 발을 구르는 그것에 가까이 다가가 봅니다. 당신이 수치스러워질 만치 호기심에 찬 눈으로 내가 바라보듯, 그렇게 들여다봅니다. 그러다 이내 바람이 데려갑니다. 다시는 만나지 못할 곳으로 그것을 데려가겠지요. 그러나 바람은 당신만은 데려가지 못하겠지요. 당신은 일지도, 날지도 않으니.

    당신은 오히려 더욱 단단히, 그렇지만 먼지처럼 반광하고 있을 겁니다. 나는 알고 있습니다, 그러나 바람은 이곳에 존재할 수조차 없다는 것을.

    이곳은 절대 일지 않는 곳, 뜨지 않는 곳, 그곳이니까. 혹 존재하는 바람일지라도 그는 무엇도 데려가지 않을 것을 나는 또한 알고 있습니다.

이천이십삼년, 칠월, 사일

의식하지도 못할 만큼 자연스럽게, 정신을 차려보니 어느새 매미는 울고 있습니까. 작게 춤추던 아지랑이는 이제 당신의 키보다도 더 커져 있습니까. 그 속을 당신은 걷고 있습니까. 아득히 녹아지는 정신을 가다듬어 앞을 보면 그곳에 우리는 없겠지요. 그렇지만 그 도로를 걸어 우리는 서로게 가겠지요. 흐른 땀이 옷의 절반 정도를 물들일 때쯤 매미가 더는 울지 않는다면, 나도, 당신도 더는 걷지 않겠지요.

아지랑이에 가까이 다가갈수록 작아집니다. 처음엔 나를 피하는 건가 생각했습니다. 아지랑이는 나와 함께 자라지만, 영원히 존재할 무언가이겠지요. 그가 나를 기억할 수는 있을지 나는 생각했습니다.

나는 그저 기뻐하겠지요. 잠깐이나마 그와 걸었음에.

이천이십삼년, 칠월, 오일

　서로의 어깨를 주무르는 노부부를 보고 있습니까. 일몰의 붉은 윤슬을 감상하는 사람들을 보고 당신은 무슨 말을 하고 싶은 겁니까. 한 중동 가족이 단란하게 맞추어 내딛는 발걸음을 보며 당신은 무엇을 외치고 싶은 겁니까. 그들의 몇억 분의 일 초의 생명을 보고 당신은 그저 감탄했습니까, 부러웠습니까. 이제 당신이 앉은 벤치 앞으로 사람들이 지나가는군요. 집으로 돌아가는 길이겠지요. 그들에게 보낸 당신의 그 눈빛은 어떤 것이었습니까. 동경이었습니까, 이해였습니까, 혹 두려움이었습니까.

　나는 그 무엇도 보아 이해하려거나 그저 동경하려거나, 두려워하려는 것이 아니었음을 아십니까. 나는 그들의 눈을 보았습니다. 나는 말입니다, 사실은 그들의 눈에 비칠 나를 보고 싶었던 겁니다. 그러나 그들은 나를 보고 있지 않았기에, 그러한 목적을 가진 나의 시야는 그곳에서 진정으로 무의미해졌습니다.

　뭐랄까, 그런데 당신은 감탄하고 있군요. 나는 알고 싶다고 문득 생각했습니다.

이천이십삼년, 칠월, 육일

저항 없이 무너집니다. 덜컹거리는 소리가 귀를 찢습니다. 모든 것이 순식간에 지나갑니다. 반대쪽에서 달려오는 당신과 냉정하게 스칩니다. 찰나의 순간 서로 약간 끌어당긴다고 느낀 건 나뿐이었습니까. 또다시 모든 것이 순식간에 지나갑니다. 돌이 밟힙니다. 당신도 돌을 밟았습니까. 아니, 당신은 그 돌을 차버렸습니다.

나는 당신이 찬 돌이 날아가 부딪히며 내는 소리를 들으려 애썼습니다. 그러나 나의 의지와 상관없이 그것은 저항 없이, 또다시 무너집니다. 안타까웠습니다. 소리는 이제 소멸해버렸습니다. 더는 들을 수 없습니다.

그래서 나는 당신이 한 번 더, 이번에는 무심코 돌을 차버리길 바랐습니다. 이번에는 무너지기 전에 내가 그 소리를 들을 수 있길 바랐습니다.

이천이십삼년, 칠월, 칠일

당신은 모르는군요, 그들이 당신을 깨뜨릴 수도 있다는 것을. 내가 당신을 말리는 이유를 모르겠습니까. 나가려는 당신을 껴안는 이유를 모르겠습니까. 그렇다고 해도 안 됩니다. 보낼 수 없습니다.

그러나 나는 순간 당신에게 우산을 쥐여준 것을 후회했습니다.

비 냄새는 그 외의 모든 냄새를 지우기에, 우산을 쓰고 걷는 나의 등이 젖어갑니다. 당신은 비를 좋아하는군요. 사실은 맹목적으로 내리는 비 아래서, 그들과 관계하고 싶은 거군요. 깨어지는 빗방울의 냄새를 맡으며 당신은 뛰고 싶은 겁니까. 당신의 우산을 부러뜨리고, 정수리에 비로소 하나의 빗방울이 내리꽂혀 전율하길 바라는 겁니까.

그렇다면 뛰십시오.

이천이십삼년, 칠월, 팔일

밤잠을 설치는 날이 다분해졌습니다. 꿈 때문인 날도 있고, 아무 이유가 없는 날도 있습니다.

다섯 시 사십육 분, 나는 방 창문을 열었습니다. 바깥으로부터 나의 것과 비슷한 불완전한 냄새가 서늘하게 기어들어 옵니다. 가만히 서서 당신을 불러봅니다. 이웃의 아침잠에 방해이진 않을까, 가장 이른 이들의 대화를 어지럽히진 않을까. 초조한 마음으로 다시 한번 부릅니다. 이번엔 조금 더 큰 목소리였습니다. 순간 풍겨오는 바람의 지저귐은 당신의 메아리입니까, 당신도 창문 너머의 나를 부르는 겁니까. 그렇다면 당신은 무어라 대답했는지요.

내가 동질감을 느끼던 냄새는 어느새 사라집니다. 가만 생각해 보니 그것은 사라지지 않았습니다. 사라지는 것이 아니었습니다. 내가 보지 못할 뿐이지, 어딘가에서 살아내일 또 나의 방으로 기어들어 올 테니까요.

단지 숨어버리는 것뿐이었습니다.

이천이십삼년, 칠월, 구일

나는 그만 빠져 죽어버렸습니다. 아니, 당신이었던가.
많은 사람이 날 봤습니다. 그 무수히 많은 사람이. 아니,
당신을 본 것 같습니다. 누구였는지, 대체 그게 누구였는
지. 그 얼굴이 눈앞에서 일렁입니다. 이내 출렁거립니다.
넘쳐흐를 것만 같은 저 위태함이 두렵습니다. 저러다 한
방울이라도 넘치면 깨어질 것 같이 흔들립니다. 어지럽습
니다. 순간 고요해진 주변에 눈을 들어 본 것은 당신이었
습니다. 당신은 날 봤습니다. 나도, 당신도 그곳에 있지 않
았습니다. 다만 눈물을 흘리며 오도카니 서 있었습니다.
발이 뜨거워지는지도 모른 채, 그렇게 서 있었습니다.

홍건한 것들만이 느껴졌습니다.

이천이십삼년, 칠월, 십일

  잠에서 깨어보니 당신이 와 있었습니다. 그것이 너무 선
명하여 하마터면 소리를 지를 뻔했다는 걸 아십니까. 어째
서 오늘인지, 이 시간인지 모르지만 와 주어 고맙습니다.
그런 당신이 보고 싶었습니다. 선명한 당신만이 말입니다.
여느 때와 같이 당신은 점차 희미해지겠지만, 당신의 향을
내가 기억할 겁니다. 살아남아서 당신의 향을 기리고 기다
릴 겁니다. 당신은 돌아올 테니, 또다시 그 눈부신 선명함
으로 날 놀래올 테니.

  나는 잊지 못할 겁니다. 아니, 얼마 가지 못해 잊을 겁니
다. 당신의 향이나 모습, 선명했던 당신은 사라질 겁니다.
그러나 당신의 존재감을 나는 잊지 못할 겁니다. 그것은
어떤 세계에서는 당신이 버젓이 살아가고 있을 것이기 때
문입니다.

이천이십삼년, 칠월, 십일일

당신은 말하지 않았습니다. 그러나 그 침묵은 이유 없는 침묵이었음을 나는 알 수 있었습니다. 당신은 무언갈 말하고 싶어 했습니다.

무엇이 당신은 궁금합니까. 무엇에 당신은 고개를 듭니까. 당신이 무안하리만치 긴 그 침묵을 깨고 언젠가 말을 꺼낸다면, 그렇다면 그것이 언제든 나는 기다릴 텐데. 버티고, 버티어 당신의 말을 주워 담아 나의 귀에 채워 넣을 텐데. 당신의 목소리, 당신의 말투, 당신의 단어, 당신의 입에서 터지는 소리와 울리는 소리, 존재를 드러내는 소리와 그렇지 않은 모든 소리를 내가 먹어 삼킬 텐데.

당신은 그제야 당신이 원했던 듯이 비로소 침묵할 수 있을 텐데.

이천이십삼년, 칠월, 십이일

　책상 한편에 놓아두었던 흰 조개껍데기에 먼지가 쌓여 한 번 닦아 주었습니다. 당신은 이걸 좋아하는군요. 당신이 바라보던 바다의 물결과 같은 모양을 지닌 이것을 말입니다. 그것은 당신이 바다를 좋아하기 때문이겠군요. 가장 푸르고 하얀, 당신이 태어났으면 했던 그곳이기 때문이군요. 그곳에서 살고 싶다는 생각을 언젠가 했었기 때문이군요. 어디든, 그러니까 당신 이외에는 갈 수 없을 그곳을 당신은 그 어디보다도 가고 싶어 하기 때문이군요.

　당신이 살 그곳은 어디입니까. 내게 말해주십시오. 당신은 그곳에서 무엇을 위해 살아갈 겁니까. 언젠가 그곳에서 당신은 죽을 겁니까. 혹 그곳에 기억된 채 영원히 살아갈 겁니까. 모두 내게 말해주십시오.

이천이십삼년, 칠월, 십삼일

내가 누우니 당신은 몸을 일으켰습니다. 좁지 않다고 생각했는데, 그렇지 않았나 봅니다. 내가 몸을 일으키니 그제야 당신이 누웠습니다. 조금은 슬퍼집니다. 몸을 포개어 누울 순 없는 걸까요. 그럴 수 없다면, 애초에 이곳에 있지 않았더라면, 그랬다면 좋았을 텐데. 당신의 눈치를 보고 당신 또한 나의 눈치를 보는 그 불쾌히 간지러운 상황에서만 우리는 살아갈 수 있는 겁니까. 우리는 서로게 잠들 수 없는 겁니까.

불연속적인 면을 우리는 가지고 있음을 말합니다. 이것들은 명백히 맞닿아 있지만, 결코 완벽히 맞닿을 수는 없는 면입니다. 우리는 우리의 앞면을, 또는 뒷면만을 겹칠 수 있을 겁니다.

이천이십삼년, 칠월, 십사일

올려다본 하늘에서 비가 쏟아집니다. 눈을 뜨고 싶지만, 자꾸 눈동자에 비가 닿아 감깁니다. 이 눈을 감지 않을 수 있다면, 집요하게 응시할 수 있다면, 그렇다면 나는 비의 호소를 볼 수 있을까요. 당신이라면 할 수 있을 것만 같은데, 혹시 나를 대신하여 그렇게 해줄 수 있나요. 그리고선 그들이 외치던 차가움을, 절망을, 고독을, 의지를, 표정을, 무력함을, 사랑을, 분열과 결합을, 존재를 내게 묘사해 줄 수 있나요. 그들 중 일부를 기억하고 싶습니다.

그리고 나는 눈을 감고 생각할 겁니다. 당신이 말해주었던 그들의 삶을, 그들의 영혼을 말입니다. 그들은 죽지만 나에 의해, 그전에는 당신에 의해 불가능한 영원을 살아갈 수도 있을 겁니다. 정말로 말입니다, 아름답지 않나요, 우리의 세상은.

이천이십삼년, 칠월, 십오일

끝없이 쏟아져 나옵니다. 모든 것을 가득 잠기게 할 기세로 채웁니다. 내가 당신을 구할 수 있을지, 홍수에서. 한창 노란 하늘을 보며 나는 옥상으로 한달음에 뛰어 올라갔습니다. 펼쳐진 것은 노란 세계, 어딘가 어지러운 세계, 눕고 싶어질 만큼 자유로운 그런 세계였습니다. 실제로 생명체란 존재할 수 있을 것 같지 않은 그곳에 내가 서서 본 저 너머의 숲은 어딘가 이질감이 들었습니다. 자연스럽지는 않지만 자유로워 보이는 세계. 당신과 그 세계에 심기고 싶다 생각했습니다.

그곳에 뿌리를 내리면 우리가 마실 것은 노란 비입니다. 우리의 뿌리, 우리의 몸도 노란색으로 변하게 될까요. 하늘을 보고 우리 대화합시다. 노란 비를 마시며 우리, 존재하면 안 될 그곳에 보란 듯 존재합시다. 보란 듯 살아갑시다.

이천이십삼년, 칠월, 십육일

곧 고요해졌습니다. 나는 그 고요를 바라보고 있었습니다. 고요의 존재를 나는 인식하지 못하지만, 나는 내가 바라보고 있던 그것이 고요라 그저 믿을 뿐이었습니다.

비가 그친 하늘은 허무해 보입니다. 모든 걸 다 쏟아낸 것도 아닐 텐데. 그것들이 생명이었기 때문일까요. 당신은 그렇다 답하겠지요. 그것들이 떨어져 버렸기 때문에 하늘은 실제로 허무하다 당신은 답하겠지요. 보이는 것은 옅고 어두운 구름이지만 그 속의 처절함이 보이냐고, 그 속의 갈구가 보이냐고 당신은 물어오겠지요.

물었다고는 말했지만 실제로 당신은 그것들을 끌어안고 내게 외치듯 물어왔기에, 나는 당신의 그것이 질문의 의도보다는 가책을 위한 것이었다는 것을 금방 알 수 있었습니다.

이천이십삼년, 칠월, 십칠일

떨어진 것들은 다시 모여 큰 구름같이 흐릅니다. 매서울
만큼 빠르고 무겁게. 모든 것을 안고 흐릅니다. 안겨 가는
것들에 대해 아무런 아우성도 들을 수는 없지만, 어떨까
요. 깨어진 파편은 이제 얼굴에, 어깨에, 손가락 마디와 무
릎에 부딪힙니다. 발을 잠그고, 허리까지 잠급니다.

그러나 아프지 않습니다. 무엇도 이제는 아프지 않습니
다.

이제 감각은 내게 소실된 것입니까, 내게 말해주십시오.
그렇다면 나는 어떻게 살아있는 것입니까. 또한 존재하는
겁니까. 신경의 마비가 아니라면, 그렇다면 누가 감각하고
있습니까. 무엇이 떨리며, 움직이고 있습니까.

이천이십삼년, 칠월, 십팔일

    누군가가 가게 앞에 꽂아둔 우산을 훔쳐 나는 달아나고 있었습니다. 심장이 터질 듯이. 숨이 턱턱 막혀 오는데도 계속 달렸습니다. 어디까지 달려야 하는지 생각지도 않은 채. 잠에서 깨어 둘러본 나의 방은 아직 어둡습니다. 많이 어두운 걸 보니 새벽이 한창이겠군요. 두어 시간 지나면 날이 밝아 오겠군요. 목이 뻐근하게 굳어옵니다. 잠을 잘 못 잔 것 같습니다. 찬물을 마시면 몸이 한순간 서늘해집니다. 이내 체온으로 데워지는 물을 느낄 수도 있습니다. 그러나 내가 만약, 찬물보다도 찬 영하의 체온이었다면 물은 흐르지 않을 수도 있었겠습니다.

    거스를 수도 있습니다. 그것을 싫어하는 자들에게서 도망치고 있었습니다. 도망칠 수 없는 곳으로 내달리고 있었습니다.

숨이 가빠왔습니다.

　입 안으로는 비가 이리저리 튀어 들어옵니다. 이 갈리는 소리에 머리가 지끈거립니다. 약간은 붉고, 어두운 축축한 색의 나무들이 줄지어 있었습니다. 나무들이 내게 외치는 소리를 무시하는 채 달렸지만, 모든 나무가 입을 모아 외치는 그 소리가 내 귀를 파고드는 것에 나는 저항할 수 없었습니다.

이천이십삼년, 칠월, 십구일

아무렇게나 쌓아둔 책들 사이를 헤쳐 내가 집어 든 것은 당신이 주었던 책갈피입니다. 흔들리는 해류 모양으로 잘라낸 종이에 심해 같은 색이 칠해져 있는 묵색의 책갈피입니다. 이것을 나는 오래 간직하고 싶어 잘 읽지 않는 책 속에 끼워 넣었습니다. 그런데 지금 보니, 그 책을 나는 가장 많이 읽고 있었군요.

나는 한 달 내내 같은 페이지에 머무르기도 했습니다. 그러나 읽지 않은 것은 아니었습니다. 나는 그 속에 살았습니다.

눈이 오는 겨울, 검은 나무가 가득 잘린 채 기대어 세워진 곳에서, 난롯불을 켜야 하는 곳에서, 이따금 물을 끓여 꽃을 넣어 마시는 쓴 차가 있는 곳에서 나는 얼마간 살았습니다. 누군가가 작업을 하던, 톱밥이 쌓인 그곳에서, 그가 손을 다친 그곳에서, 누군가와의 약속을 지키기 위해 그가 참고 버티던 그곳에서 말입니다.

이천이십삼년, 칠월, 이십일

당신은 오래 혼자였습니다. 사실 이것이 이상하다고는 나도, 당신도 생각지 않았기에 이것을 말하는 데 그렇게 큰 의미는 없어 보입니다. 그러나 당신에게 필요한 문장이라고 나는 생각했습니다.

당신 오늘은, 당신이 오래전 떠나보냈던 사람들을 만났습니까. 그들과 인사했습니까. 그들의 얼굴을 마주 보았습니까. 그들의 손은 맞잡아 주었습니까. 당신은 오늘, 그래서 행복했습니까. 재회가 만족스러웠습니까. 그래요, 그렇군요.

이제 당신은 다음날의 재회를 기다리고 있습니까. 아름다움을 곱씹고 있습니까. 그려내고 있습니까. 그들에게 선물하기 위해서, 그들에게 말해주기 위해서 말입니다.

이천이십삼년, 칠월, 이십일일

나의 왼쪽에 늘어선 담은 흔들거리며 늘어서 있었습니다. 나의 어깨 정도 높이에서부터 시작된 담이 갈수록 붕괴하여 가는 것을 나는 따라 걷고 있었습니다.

오십 미터를 걸으며 내가 본 것은 아홉 개의 껍데기들이었습니다. 그 흔적이 메말라가는 것을 나 또한 메말라가며 그렇게 바라보고 있었습니다. 한 가지 나와 다른 것은 그들은 살아가고 있는 것, 나는 죽어가고 있는 것이었습니다. 나도 벗어날 수 있다면, 껍데기를 벗고 비로소 살아갈 수 있다면, 나는 내 껍데기를 메마르도록 두지 않겠습니다.

나는 그것을 그림자가 내내 지는 곳에 접어놓아 두겠습니다. 그 누구의 발길도 닿지 않는 곳일 겁니다.

이천이십삼년, 칠월, 이십이일

　무언가의 목소리가 들려왔기에 나는 보이는 것 없는 하늘을 올려다보았습니다. 나는 온 적이 없는 우레를 기다리고 있었습니다.

　우글대며 흐르는 구름은 각박해 보이지만 실제로 꽤 시원했기에 기분이 좋았습니다. 비가 오기 직전, 하늘은 보이는 것과 달리 고요합니다. 언제 쏟아부어도 이상하지 않을 것 같지만, 이 고요가 지속되기를 내심 바라는 마음으로 흐르는 구름을 떠나보냅니다. 그렇지만 비 대신 당신이 쏟아질 수도 있지 않을까 하는 생각에 그 고요가 깨지길 바라고도 있습니다.

　혹 당신이 내리면 나는 뛰어다니겠습니다. 우산을 뒤집어 나는 당신을 모으겠습니다.

이천이십삼년, 칠월, 이십삼일

그려 간직하고 싶다고 생각할 정도의 이미지였습니다. 그만큼 강렬했습니다. 묘사로는 채워지지 않을, 인상의 이미지였습니다. 아니, 실제로도 인상에 불과했습니다. 주변의 물체 중 가장 연약한 역설적인 존재감이었습니다.

당신은 서 있었습니다. 그것보다 조금 먼 곳에서 나는 가만히 앉아 미동 없는 당신을 응시하고 있었습니다. 호흡으로 인한 들썩임조차 느껴지지 않았기에, 그대로 죽었다 해도 믿어질 것 같았습니다. 그렇지만 나는 알 수 있었습니다. 당신은 그곳에서 무언가를 바라보고 있었다는 것을, 그것은 하늘도, 땅도, 풀도, 사람도, 건물이나 차들도 아니었기에 그것을 나는 알 수 없었지만, 그것을 당신은 바라보고 있었습니다. 당신은 흔들리는 동공만은 죽일 수 없었습니다.

이천이십삼년, 칠월, 이십오일

　나를 기다렸습니까. 매일 편지를 쓰던 내가 어제는 오지 않아 나의 생사를 떠올렸습니까. 그랬다면 다행입니다. 나는 당신을 잊지 않았습니다. 오히려 선명히 그리고 있습니다. 어제는 미안했습니다. 한 번, 내가 기다려보았습니다. 당신에게 편지를 쓰지 않을 수 있을지. 이렇게 돌아온 까닭은 그에 대한 답이 될 수 있을 겁니다. 앞으로도 매일 편지를 보내겠습니다. 언젠가 당신 앞으로 도착하고 말 그 편지를 말입니다.

　그것을 당신이 읽기 전까지 나는 떠나지 않을 겁니다. 혹 그것을 당신이 읽는다고 해도, 아무것도 바뀌지 않는다고 해도 잃는 것은 없을 겁니다. 오히려 무언가가 생길 겁니다.

이천이십삼년, 칠월, 이십육일

　나는 숨을 여러 번 고르고 나서는 굽었던 허리를 폈습니다. 눈물이 고인 눈은 세계를 흐렸습니다. 세계는 이제 어떤 연기를 뿜어내고만 있었습니다.

　위태로운 하루였습니다. 그것을 하늘이 대변했습니다. 당신이 위태롭게 매달려 바람에 흔들리는 것도 보았습니다. 물론 당신이 그리 쉽게 떨어지지는 않을 것 같았지만, 그래도 걱정이 되어 마음 졸였습니다. 당신의 말은 나를 움직이게 합니다. 그런데 그것이 실제 나인지, 나의 생각인지 잘 모르겠습니다. 앞으로 걸으며 팔을 휘젓는 나는 꿈속에서 움직이는 것 같이 느껴지기도 합니다. 괜찮지 않더라도 말해주십시오, 무엇입니까, 진실은.

이천이십삼년, 칠월, 이십칠일

길을 걸었습니다. 고즈넉한 풍경이었지만, 그것이 잊힐 만큼 뜨거운 햇볕을 온몸으로 받아내며 걸었습니다. 살갗이 눈뜨는 현상을 느끼면서, 생명의 절규를 들으면서, 어지러운 바닥에 그려진 선을 따라 보면서, 절뚝거리면서, 헥헥대면서, 그러나 일말의 흔들림 없는 눈으로, 그렇게 걸어 나는 내 집으로 갔습니다. 남겨진 것들에 대한 부담과 죄책이 이따금 옆머리를 훑었지만, 희귀한 바람인 양 내버려 두곤 했습니다.

언젠가 내게 다시금 불어올 소리와 더위를 우선은 넘겨 버렸습니다. 넘겨지지 않는 것들은 삼키려고 했습니다. 그러나 목이 막히려고 했습니다.

이천이십삼년, 칠월, 이십팔일

　우린 연결된 채 태어났습니다. 얼마간의 시간 동안 모든 것을 우리는 함께 경험했습니다. 우리는 두 개의 시점으로 오직 하나의 세계를 봤습니다. 이제는 분리된 우리의 세계가 아직도 닮아 있는지 나는 궁금합니다. 하늘의 색은 여전히 푸른지, 여름은 더운지, 바람이 불어대는지, 사람들이 걸어 다니는지, 그들과 당신은 눈 마주치는지, 당신은 그 세계에서 깊은숨을 쉬고 있는지.

　아직 우리의 세계는 이어질 여지가 남아 있는지도.

　다시,

　그때처럼,

　그리고

고요히.

이천이십삼년, 칠월, 이십구일

많은 것들을 생각하고 있었습니다. 그중 대부분은 나와 관계가 없는 생각들이었습니다. 그러나 지우려고는 하지 않았습니다. 오히려 그것들을 살려내고 싶었습니다. 아주 오랫동안 나는 의미를 찾고 싶었습니다.

대충 훑어 넘긴 머리카락이 다시 흘러 떨어지는 것을 보면서 나는 이곳이 아직 지구라는 것을 깨닫고 있었습니다. 언젠가 지구가 아닐 이곳은 아직 아름답고, 혐오스럽습니다. 언젠가 지구를 떠나겠다고 당신은 말하곤 했습니다. 나는 어떻게 해야 하겠습니까. 당신을 따라서 갈 수 없는 나는, 이곳에 남아야만 하는 나는, 이곳의 멸망과 함께해야만 하는 나는. 그러니 부탁합니다, 날 데려갈 수 없다면 그래도 좋으니, 언젠가 나의 잔해를 가지러 와 주십시오.

그리고 당신이 있던 그곳으로 가져가 주십시오. 그곳이 어딘지 나는 알 수 없겠지만 말입니다.

이천이십삼년, 칠월, 삼십일

당신의 죽음이 내게 아무런 짐이 되지 않는다는 사실에
나는 분개합니다. 화의 대상은 흐려져 갑니다. 하지만 당
신의 죽음이라는 사건이 내게 큰 의미가 될 수 없을 거란
사실에는 변함이 없습니다. 눈물도, 깨어지는 마음도, 붕
괴하는 정신도, 아무것도 없을 겁니다. 아무것도 바뀌지
않을 겁니다. 아무것도 꺼지지 않을 겁니다. 아무것도 빛
나지 않을 겁니다. 아무것도 잃지 않을 겁니다. 아무것도
잡지 않을 겁니다. 아무것도 바라보거나, 듣거나, 냄새 맡
거나, 만져보지 않을 겁니다.

당신이라는 객관에 내가 의미를 부여하는 것조차도 어
떤 의미인지 나는 정의해야만 했습니다. 명백히 존재해 살
아갈 당신이 내게서 죽어간다는 것이 어떤 일인지 나는 생
각해야만 했습니다.

나는 그때까지만 분개할 겁니다. 분개는 내게 남을 당신에 대한 유일한 무언가가 될 수도 있을 겁니다. 우리는 오직 그것으로만 엮인 채 기록될 수도 있을 겁니다. 기록되지 않기를 당신은 바랄 수 있을 거라 생각합니다만, 그것은 적힌 대로 이해할 수 있는 것이 아님을 모두가 알 것입니다. 그러니 부디, 이해해 주십시오.

팔월

이천이십삼년, 팔월, 일일

끈적한, 그러나 떨어지지 않는 방울 같은 것이 맺히는 것 같았습니다. 나의 귀는 그 소리에 반응하고 있었습니다. 이제 그것은 굳어, 더는 떨어지지 않지만 내 귀에 나는 다른 곳으로 고개를 돌렸습니다. 당신은 없었지만, 그 소리에 나는 당신을 떠올렸습니다.

공사장 외벽으로 비가 쏟아집니다. 일반적인 비와는 다른 소리를 가졌기에, 나는 이 비에 약간 귀를 기울였습니다. 빗소리에 귀가 절여집니다. 걷다가 모르는 사람이 걸어오는 말에 눈을 뜹니다. 그들이 건네는 어떤 말도 나는 이해하지 못했지만, 무어라도 대답하려고 했습니다. 당신이 생각났었다는 것을, 그 대화를 마치고 나는 알게 되었습니다. 당신은 침묵을 유지했을 것이었기에, 그들에게 눈을 뜨지 않았을 것이기에.

이천이십삼년, 팔월, 일일

상징을 싫어합니다, 나는. 수에 갇히고 싶지 않습니다. 수로는 무엇도 정의될 수 없습니다. 나와 당신은 거기에 구속된 존재일 수 없을 겁니다.

어제 오랜만에 노란 달을 올려다보았습니다. 사실상 달을 굳이 올려다본 것이 내겐 아주 오래전 일이었기에, 괴이할 정도로 크고 노란 얼굴로 세계에 존재하고 있는–있던– 달을 홀린 듯 가만히 멈춰서 바라보았습니다. 별개로 한 가지 고백하자면, 내가 어제 당신에게 보낸 편지는 잘못된 내용이었더군요. 날짜를 틀리다니. 부디 실망하지 않았으면 합니다. 내가 이런 사람인 것을 이해해 주시길 바랍니다. 내게 사실 날짜는 그리 중요하지 않다는 것도.

이천이십삼년, 팔월, 이일

"죽음이 해방이라면 그것은 무엇으로부터입니까. 혹 그것이 세계로부터의, 삶으로부터의 해방이라면, 세계에 선은 존재치 않기에 그런 겁니까. 삶에 선은 존재치 않는 겁니까. 정말 그렇다면, 해방된 순간 그곳은 그 자체로 선이겠습니까." 오래된 책 속에서 있을 것 같은 대사를 언젠가 당신이 내게 했을 때, 나는 약하게 전율했습니다. 그것이 당신의 입에서 직접 나온 것이라는 걸 알게 되었을 때쯤, 내가 그에 대한 답을 찾고 있었다는 것까지는 기억납니다.

답이라. 사실 답이라기보단 당신이 그 말을 한 이유가 궁금했던 겁니다, 나는. 당신은 그렇다면 해방을 원하는 건지, 해방의 의미란 무엇을 의미하는 건지 말입니다. 그것이 자유인지, 그저 무인지 나는 궁금했던 겁니다.

이천이십삼년, 팔월, 삼일

　나는 어떠한 형상을 떠올리고 있었습니다. 조각 같기도
한 그것을 나는 언젠가 만들어 보고 싶다고 생각하고 있었
습니다. 정신을 차리니, 내 손은 그것의 크기를 가늠하며,
허공을 쓰다듬고 있었습니다.

　어느새 돌아온 당신은 이제 묵묵히 나를 바라봅니다. 분
명 무언가 말하고 싶어 하는 듯합니다. 그러나 구태여 묻
지 않은 채 나도 당신을 바라보고 있었습니다. 당신이 말
하지 않으므로, 나 또한 당신에게 묻지 않고 묻습니다. 당
신이 말하지 않고 대답할 수 있도록. 언젠가 당신에게 대
답을 듣는다면, 그때는 당신을 바라보지 않아도 될 것만
같습니다. 지금 당신을 바라보는 게 그러한 이유만이라 생
각하지는 않지만.

이천이십삼년, 팔월, 사일

어둠에 모든 것의 궤적이 뚜렷하지 않을 때, 초점이 흐려지고, 소리만이 세상에 남을 때, 소리만으로 당신을 찾고자 했던 내 노력은 좌절되곤 했습니다. 그것은 수십, 수백조 개의 소리가 날 방해했기 때문입니다. 그러나 그것들 모두의 존재를 차마 부정할 수 없는 나의 신세는 그러나 어둠 속에서 다만 뚜렷해질 뿐이었습니다.

저 멀리서 미약한 떨림이 피부를 울립니다. 거기로 걸어갑니다. 저것이 메아리일 수도 있습니다. 그렇다면 나는 정반대의 방향으로 걸어가고 있는 것이겠지요. 내게 방향이라도 말해주십시오.

이천이십삼년, 팔월, 오일

　기다리는 시간이 길어질수록 고통스러울 거란 누군가의 말과 달리 평온해집니다. 무언가를 기다리고 있었는지, 기다림의 초조함과 기대는 무엇이었는지 잊을 만큼 고요한 세계가 나의 세계를 요란히 깨뜨립니다. 오히려 오지 않을 것을 기다리는 마음이 되어갑니다. 오지 못할 것을 기대하는 마음이 되어갑니다. 이제는 그만 돌아가고 싶습니다.

　깨진 파편이 하늘에서 떨어집니다. 작은 조각들은 시간을 멈추며, 큰 조각이 되어갈수록 공간을 가릅니다. 나의 기대는 이제 깨어진 나의 세상 밖으로 나가버렸습니다.

　그것은 언젠가 누군가의 기대가 될 겁니다.

이천이십삼년, 팔월, 육일

눈으로 훑는 것으로 본질을 아는 눈을, 그런 당신의 눈이 내게도 필요합니다. 하나 당신, 그 눈으로 사실 무엇을 합니까. 나는 궁금합니다. 당신은 세계의 어떤 것들을 봅니까. 각 세계의 관계와 존재에 대해 무엇을 생각합니까. 그렇게 당신의 눈에는 무엇이 박힙니까. 나는 알고 싶습니다, 알아야 하겠습니다.

당신과 처음 이것을 시작한 날, 나는 당신이 무엇을 보고 있을지, 당신의 눈이 닿을 만한 곳을 깊게 응시했습니다. 그러나 내가 볼 수 있는 것은 없었습니다. 나는 나의 뒤통수조차 볼 수가 없었습니다. 당신은 당신의 얼굴이라도 볼 수 있었던 겁니까.

이천이십삼년, 팔월, 칠일

참새 세 마리와 비둘기 두 마리. 그중 하나는 흰 털을 가졌었습니다. 당신도, 나도 흰 것들을 좋아했지요. 흰 페인트, 흰 도자기, 흰 눈, 흰 포말, 흰 종이와 지우개 같은 것들을요. 당신과 나는 흰색을 좋아하는 이유는 달랐지만, 좋아한다는 이유만으로도 흰 것에 대해 많은 이야기를 나눌 수 있었을 겁니다. 서로게 흰 것들을 묘사하기도, 보여주기도 하고요.

우린 흰색으로만 그린 풍경화를 감상할 겁니다. 생명과 죽음이 그곳에 있겠지요. 풍경화를 그렸지만, 정작 우리가 보고 있을 것은 누군가들의 영혼일 겁니다.

이천이십삼년, 팔월, 팔일

　언젠가 나도 낯선 섬으로 가고 싶습니다. 낯선 땅이 맨발을 달구는 곳, 풀과 나무가 바람에 고개를 떨구는 곳, 그곳에서 나는 섬과 살고 싶습니다. 그곳에서만큼은 섬은 나를 위해 존재하고, 나는 섬을 위해 존재하는 것이 될 수도 있을 겁니다.

　그곳에서 나는 섬과 끝없는 대화를 나누고 싶습니다. 섬은 그곳에 나보다 더 오래 남아 있을 겁니다. 내가 사라지면 섬은 나의 세계에서 그 존재 이유를 상실하겠지요. 그러나 섬 자신의 세계에서는 어떠한 새로운 의미가 탄생할 겁니다. 그것은 아무도 이해하지 못할 만한 것이겠습니다.

이천이십삼년, 팔월, 구일

붉은 비의 소행이었습니다. 하늘이 그 입을 찢었기 때문입니다. 무언가 변할 것만 같은 세상의 색이 점차 짙어지더니 한순간에 사라져버립니다. 당신이 살아가는 세계에도 이런 일이 일어나곤 합니까. 세계가 죽고, 다음날 다시 태어납니까. 갓 태어난 어리숙한 세계를 사람들은 반기곤 합니까.

그 미약한 세계의 울음은 삶에 대한 공포에서 나오는 것입니까. 그러니까, 아기의 첫울음의 과한 의미 같은 겁니다. 핏덩이의 첫 들숨과 이내 양수와 함께 뿜어질 날숨 같은 겁니다.

이천이십삼년, 팔월, 십일

　나는 당신에게 하고 싶은 말이 많다고 느낍니다. 사실 그것들은 해야만 하는 것으로서 내게 존재하고 있을지도 모릅니다. 멈추지 않고 만들어냅니다. 멈출 수 없습니다.

　혹 당신에게 하고 싶은 말이 떠오르지 않아 머리를 앓는 경우가 있습니다. 대개 이 경우 내게 할 말이 없는 것으로 생각될 수 있지만, 당신, 당신에게 이만큼 무어라도 말하고픈 마음이 내게 존재한다는 것만 들어주십시오. 그 마음만 가지고도 머리를 앓고 있다는 것 또한 말입니다.

　마음을 전할 수 있는 매개가 있었다면 나는 주저 없이 언어를 버렸을 겁니다.

이천이십삼년, 팔월, 십일일

　내게는, 가여운 것들에 대한 슬픔이 있습니다. 그래요.
나는, 나는 위선자입니다. 그러나 내게 위선이 필요합니
다. 이렇게 살아갈 수밖에 없을 것 같습니다. 그것들을 차
마 무시하고 살아갈 수 없기 때문입니다. 그것들을 무시하
고 살아가느니, 내가 가여운 것이 되는 편이 낫겠다고 오
래전 이미 나는 생각했었기 때문입니다.

　그들과 함께 나는 가여운 것이 되고 싶습니다. 그러나
나는 이를 통해 나의 위선처럼 보이는 것을 벗겨 내고 싶
지 않습니다. 본디 그것을 위한 것이 아님을 밝히고 싶습
니다. 누군가는 나와 당신을 가여워할 테지요. 그렇다면
나는 더 바랄 것이 없을 것 같습니다.

이천이십삼년, 팔월, 십이일

저 멀리서 무언가 보였습니다. 인간이 무의식적으로 움직이는 것과 같이 나도 그곳으로 가려고 했습니다. 그것은 마치, 꿈에서의 뜀박질 같은 것이었습니다.

그 순간 나의 길을 막아선 것은 당신이었습니다. 이해하기 어려운—이해해야 하는 건지도 잘 모르는— 그 상황에서, 그렇지만 나는 어째서 나를 막아섰느냐고 묻지 않았습니다. 그저 당신과 대치한 채로 서 있었습니다. 어쩌면 당신은 바로 내가 당신의 길을 막아섰다 말할 수도 있을 것이었기에. 서로의 길을 이유 없이 막아야만 하는 그런 어리석은 모습으로 보일 수도 있겠다고 생각했습니다.

서로를 우리는 이해할 수 있겠습니까. 우리는 그러려는 시도는 하려고 하겠습니까.

이천이십삼년, 팔월, 십삼일

커다랗고 어두운 강당이었습니다. 실제로 춥진 않지만 서늘한 빛이 감돌았기에, 어깨가 멋대로 떨려댔습니다. 그곳엔 짐승이 돌아다니곤 했습니다. 그의 털에서는 윤기가 돌았습니다. 어째서 이런 곳에 돌아다니는지 알 수도 없었습니다. 그 외에 몇 명인가, 무엇인가 더 있었는데, 그것이 그리 중요해 보이지는 않았습니다.

어두운 강당의 나는 얼마나 이곳이 넓은지 알고 싶었습니다. 달이 창문으로 보였기에 나는 가늠해볼 수는 있었습니다. 이곳이 내 생각보다 그리 크지 않다는 것을, 사실은 거기서 큰 것은 나였음을 나는 알 수 있었습니다.

이천이십삼년, 팔월, 십사일

인지하지 못하며 다가선 것들을 다른 감각으로써 나는 비로소 인지하기 시작합니다. 닿아 떨립니다.

거미줄이 햇볕을 쬐어 미약하게, 하지만 명백하게 발광합니다. 어떤 것은 바람에 휘날려, 곧 끊어져 날아가 버릴 것만 같습니다. 그 모두가 한자리에 있는 것을 나는 보았습니다. 그것들 모두는 주인이 없었으며, 무안하리만치 고요했습니다. 그 고요에 몸을 던지고 싶은 마음이 불현듯 들었습니다. 정적을 깨뜨리고 싶었습니다. 소음공해를 일으키고 싶었습니다.

그러나 내가 일으키는 소음은 누구에게도 닿지 않았습니다. 당신에게마저 말입니다.

이천이십삼년, 팔월, 십오일

눈에 보이지 않는 것들의 향연입니다. 봐주지 않아도 그들은 충분한 것일지, 문득 그런 생각이 들었습니다. 미시세계로의 의지, 거시세계로부터의 탈출이 되는 겁니다. 존재보다 더 존재하는 세계 아니, 존재를 존재케 하는 세계로 말입니다.

세계는 작은 세계로 채워지는데, 점점 커집니다. 세계는 언젠가 작아졌습니다. 그러나 아무도 그것을 느끼지 못했습니다. 당신의 세계는 움직이는지 나는 묻고 싶다고 생각했습니다.

이천이십삼년, 팔월, 십육일

꺾인 풀, 그것과 같습니다.

일렁입니다. 희뿌연 눈앞이 마구 흔들리며 선명해지는 듯싶다가도 다시금 형체를 잃습니다. 차가운 물방울이 컵 표면에 맺힙니다. 이내, 흘러내리며 작아지더니 더는 힘을 잃어 멈춥니다. 당신은 오늘도 마주했습니까, 대지의 열기를, 울려 퍼지는 목소리들을, 고독과 사랑을.

당신이 들은 모든 것에 당신은 고통스럽습니까. 그것의 근원은 당신에게 있지 않겠지만 말입니다, 당신은 그저 외면할 수 없다고 보는 게 맞겠습니까.

이천이십삼년, 팔월, 십칠일

틈으로 뚫고 들어와 나의 공간을 나누는 바람은 많이 벗겨져 있습니다. 테이프는 뜯어졌습니다.

먼지가 눌러 앉아 있던 창틀을 닦아냈습니다. 이 창을 난 좋아합니다. 창을 통해 건너편의 숲을 보는 것을 좋아합니다. 바로 앞의 향나무에 새가 앉곤 하는 장면을 볼 때면, 앞선 마음에 가까이 다가가 보려다 새를 날려 보내곤 합니다. 이 창을 통해 사람들이 지나가는 것을 보면, 나는 당신이 되어 저 길을 걷고 싶다는 생각을 해보곤 합니다.

바깥에서는 이 창이 보이기 어렵습니다. 애초에 이곳을 보려고 하는 것은 방의 불빛을 보고 날아온 곧 죽을 존재뿐입니다.

이천이십삼년, 팔월, 십팔일

　나의 꿈. 나의 꿈은 당신을 만나는 것. 그다음에는 세상에 당신을 보이는 것입니다. 세상은 당신을, 또한 나를 기억할 것입니다. 그 속에서 당신과 나는 조명될 것이고, 우리는 그렇게 살아갈 수도 있을 것입니다. 나의 이 꿈에 당신만이 존재한다면, 혹 나만이 존재한다면 이루어질 수 없을, 나와 당신만이, 당신과 나만이 존재해야 할 그런 꿈일 테지요.

　우리는 이상이 될 겁니다. 이상은 우리를 기억하려 들테지요. 거기에서 우리는 그저 가만히 있으면 됩니다. 아무 말 없이, 아무 시선 없이, 아무 호흡 없이 그저 가만히, 가만히 말입니다.

이천이십삼년, 팔월, 십구일

　자루 더미가 쌓여 발 디딜 틈 없는 곳 속에서도 인부들은 삽으로 그것들을 퍼 들어 싣습니다. 자루에 담긴 것들은 어디로 가려는지, 나는 그들의 여정에 함께하고 싶다고 생각했습니다. 나는 원하지 않지마는, 그들의 소멸과 애매한 자유를 봐주어야 할 것 같은 마음이 들었습니다. 고요한 자루들도 무언이 그렇게 말했습니다.

　아마 그들이 내게 말하지 않았더라도 나는 그리했을 것입니다. 오히려 나는 그들에게 물었을 겁니다. 그들이 대답하지 못하는 상황이라면, 나는 묻는 대신 그들의 눈을 보겠습니다. 그들이 눈을 감고 있다면, 그들의 손을 잡을 것이며, 그들이 손을 뻗지 못한다면 그들의 숨까지 마셔보겠습니다.

이천이십삼년, 팔월, 이십일

　나를 알지 못하는 노인이 내게 얼마만큼의 돈을 건넸습니다. 아십니까 당신은, 그 노인이 내게 어떤 누구인지. 그것을 몰랐던 나는 멀뚱히 서서 그 돈을 받아 쥐었습니다. 나의 어깨를 두어 번 토닥이다가 그 노인은 길을 갔습니다. 나는 노인에게 감사 인사를 했지만, 그것이 그리 단순하지는 않았습니다. 계단을 뛰어 올라갔습니다. 오늘 아침에 널어둔 이불이 말랐을 것이기에.

　옥상 머리끝에서 해가 떠 있었습니다. 푹석이는 소리를 내며 모든 것이 말라가고 있었습니다. 세계는 이제 노인의 피부와 닮아 있었습니다. 그러나 그의 목소리는 이런 한낮에는 들을 수 없는 무언가였습니다.

　오히려 이곳에 존재하지 않을 것 같은 무언가, 그것이었습니다.

이천이십삼년, 팔월, 이십일일

　당신은 이미 많이 걸어왔습니다. 나는 당신이 이제 보이지도 않을 것만 같습니다. 그러나 실상 그렇지는 않습니다.

　당신의 고통에 당신이 더 깊이 발 내딛는 것을 나는 이해할 수 없었습니다. 이해해야 하는지도 사실은 모르겠습니다. 당신이 무엇을 위해 무거운 발을 내딛는지, 무엇을 향해 걸어가는지, 당신은 말이 없습니다. 나 또한 묻지 않습니다. 그러나 나는 그런 당신에게서 눈을 떼지 않습니다. 아, 가까워집니다. 닿을 것만 같습니다.

　당신에게 닿으면 나도 당신의 고통을 볼 수 있을지, 혹 그곳에 존재할 건 나의 고통일는지 나는 묻고 싶습니다.

이천이십삼년, 팔월, 이십이일

불현듯 들려오는 소리 무리. 아니, 사실은 아주 오래전부터 들려왔지만 애써 무시했던 그 소리. 이제는 내 귀가 아닌, 눈앞에 울려 퍼지는 소리를 더는 피할 수가 없습니다.

소리 없는 아우성이 땅 밑에서 빗발칩니다. 갈 곳 없는 깡마른 손들을 이제 당신은 잡으려 듭니다. 그러나 당신의 손이 닿는 순간 그것들이 부서져 버릴 것을 당신은 아는 듯, 애써 무시합니다. 아, 슬프군요. 아, 당신의 자연스레 명백한 무책임함이 그들을 죽이는군요.

이것은 당신의 책임이라 나는 말하고 있습니다. 당신은 아무 말도 하지 않습니다. 이런 나의 비판을 당신은 수용하는 걸까요.

이천이십삼년, 팔월, 이십삼일

언젠가는 쓰기를 멈출 것입니다. 혹 이것은 나의 직감에 불과하지만 말입니다, 생각보다도 그 시기는 빠르게 찾아올 것입니다. 그것이 무엇을 의미하는지 우리는 이야기해 볼 필요가 있는 것 아니겠습니까. 더는 그럴 필요가 없어졌다 말하는 것이 맞지 않겠습니까.

아시겠습니까, 나는 글로 많은 것을 당신에게, 어쩌면 당신이 수용하지 못할 정도의 어떤 마음과 생각들을 일방적으로 보내고 있지마는, 이제 나는 언젠가 당신에게 직접 말할 그때를 그리고 있습니다.

이천이십삼년, 팔월, 이십사일

버리는 것들에 대한 추모는 끊이지 않습니다. 사실은 모릅니다. 그들은 어째서 그들이 추모해야 하는지를. 그러나 그렇다고 해서 그것을 막을 수 있는 것은 아니기에, 나는 그들 사이에 서서 그것들을 추모했습니다. 당신도 내 옆에 서 있었습니다. 당신은 여전히 말이 없었지만, 누구보다 간절한 당신의 눈으로 그것들을 훑고 있었습니다.

당신은 한두 번, 아니 그보다 더, 어쩌면 누구보다도 많이 훑었을지 모릅니다. 그러나 달라지는 것은 없음을, 아무것도 바뀔 수 없음을 당신이 가장 잘 알고 있을 겁니다.

어떻습니까, 지금 당신의 마음은. 무엇을 위하는 것입니까, 불확실한 무의미의 당신의 시선은.

이천이십삼년, 팔월, 이십오일

알아주시겠습니까, 나는 이제 꽤 솔직해졌습니다. 적어도 나는 그렇게 생각합니다. 알아주시겠습니까, 나는 이제 편지를 받아 들어 마침내 읽을 당신의 표정을 떠올릴 수도 있습니다. 또한, 알아주시겠습니까, 나는 처음보다도 더 많이 이 편지를 쓰는 것에 두려움을 느낍니다. 마지막으로 알아주시겠습니까, 이제 기다리고 있는 것, 그것은 나입니다.

이제 오는 것, 그것은 당신입니다. 멈춘 것은 나입니다. 그럼에도 우리가 결국 마주칠 거라는 사실은 여전합니다. 그럴 겁니다. 이것을 가장 먼저 알아주십시오.

이천이십삼년, 팔월, 이십육일

오래된 종이 더미 사이에서 몇 장의 두꺼운 종이를 끄집어냈습니다. 수채화용 두꺼운 종이에 당신이 검은 펜으로 그린 것으로 보이는 개망초 그림이 그것입니다. 개망초를 당신이 좋아한 이유는 사실 별 이유가 없었지만, 그것은 결코 가벼운 마음이 아니었음을 나는 알고 있습니다. 꾹 눌러 그은 꽃잎이 보입니다. 가느다란 선들이 핏덩이처럼 적나라합니다.

면은 당신도 모르게 불쑥 튀어나올 때가 있습니다. 그것의 속도는 우리가 반응할 만한 것이 못 되어서 어느샌가 눈앞에 아른거리듯, 그러나 분명히 존재한다는 것을 우리는 깨닫게 됩니다.

이천이십삼년, 팔월, 이십칠일

관찰하는 자의 몫. 어두운 그림자가 만드는 공간. 흐느끼는 선이 만드는 거리. 그 모든 것은 당신의 눈을 통해 탄생합니다. 이는 곧, 그것들이 당신의 눈을 통해 비로소 존재케 되었다고 말할 수도 있습니다. 나무를 묶은 것으로 모자라 껍질 속을 파고든 질긴 선이 보입니다. 길가에 결국 솟아난 이름 모를 풀들과 노란색의 풍경화. 당신이 사랑했던 그것들.

그것들이 언제까지 존재할지 당신은 알면서도 그들에게 영원을 약속하곤 했습니다. 어떤 나무는 그것이 어리석다 말하곤 했습니다. 그러나 그들 또한 당신은 사랑했습니다. 그들의 색은 아름다웠기에. 당신은 아팠으며, 그러나 행복했습니다.

이천이십삼년, 팔월, 이십팔일

나는 거의 모든 것을 훑어버렸지만, 당신만은 건재했습니다. 당신에게 나의 그 어떤 흔적도 남지 않았다는 건 나로선 이해하지 못할 일이었습니다. 그러나 당신은 이해를 바라지 않았습니다. 오히려 나로 하여금 다시금 자신을 쓸기를 기다리고 있었습니다만, 그러지 못한 까닭은 당신이 아니라 내게 있다는 것을 당신은 알고 있는 듯했습니다. 나는 당신게 새겨진 문양을 봤습니다.

그 문양이 무엇을 의미하냐고 나는 묻고 싶었습니다. 그러나 내가 묻기도 전에 당신은 대답했습니다. 그리 대단한 의미는 아니었습니다만, 나는, 나만은 그 의미를 일평생 기억해야겠다고 생각했습니다.

이천이십삼년, 팔월, 이십구일

변화는 기이합니다. 모든 것은 변화합니다. 나도, 당신도 그렇습니다.

어제의 상흔이 오늘은 더욱 선명해졌습니다. 당신의 말투는 며칠 전보다는 더욱 부드러워졌습니다. 그간 자르지 못했던 머리를 오늘은 잘랐습니다. 이런 묘사가 나는 조심스럽습니다. 그렇지만 상대적인 묘사는 추상임이 틀림없습니다. 나는 통보를 싫어합니다. 그러나 나는 내가 건네준 것으로써 비로소 탄생하는 가능성을 좋아합니다.

나는 당신에게 이 가능성을 건네려 합니다. 그러나 이 가능성은 당신에게 받은 것이니 사실상 돌려준다는 개념이 옳습니다. 돌려주겠습니다, 이 가능성을 이제야 당신에게.

이천이십삼년, 팔월, 삼십일

　서늘한 공기가 흘러들어옵니다. 그것이 당신의 이름을 불러댔습니다. 살갗이 부풀어 오릅니다. 선득한 진흙 속에서 깨어, 나는 달렸습니다. 현무암 조각을 나는 주워들었습니다. 그것이 당신의 이름을 불러댔습니다. 모든 것이 당신의 이름을 불러댔습니다. 이곳에 당신의 이름을 부르지 않는 것이 없었습니다.

　이곳에 당신의 이름 외에는 들리는 것이 없었습니다. 이제 나는 당신의 이름을 불러봤습니다. 그것은, 모든 것이 입을 모아 부르고 있는 당신의 이름이었습니다. 그러나 그것은 분명 당신의 이름이었지만, 당신의 이름이 아니었습니다.

이천이십삼년, 팔월, 삼십일일

   당신이 건네준 작자 미상의 글을 읽었을 때, 나는 당신도 누군가에게 그렇게 남고 싶어 한다는 것을 알았습니다. 또한, 당신의 이름만 숨길 뿐이지, 그 외 모든 것을 당신은 밝히고 싶어 한다는 것을 나는 알았습니다. 당신이 그렇게 남는다면, 나 또한 그렇게 남기를 원합니다. 내겐 적지 않은 의지일 겁니다. 오히려 나는 그조차 남지 않길 바라본 적이 있으니 말입니다.

   잊혀진 자들은 이제 더는 존재하지 않느냐는 질문에, 나는 그렇게 말할 수도 있지 않은가 생각했습니다. 또한, 잊히지 않는 자들은 영원히 존재할 수 있느냐는 질문에, 나는 그렇게 말할 수도 있지 않은가 생각했습니다.

구월

이천이십삼년, 구월, 일일

    늘어지는 얼굴과 옷자락이 땅에 닿을 것만 같습니다. 그러나 그만큼 땅도 더욱이 꺼져, 그럴 수 있을 거 같단 생각은 일순간에 사그라집니다. 나는 서럽게 분노하는 노인을 보면 마음이 아픕니다. 그는 사랑을 하고 있습니다. 무엇보다도 간절한 실눈의 사랑을 말입니다.

그는 언젠가 웃었습니다. 그 웃음은 그렇게 높지는 않았지만, 나는 그 웃음을 좋아했던 것 같습니다. 그는 사라질 사랑과 웃음을 하고 있었지만, 그리도 영원할 듯하게 느껴지곤 했습니다.

이천이십삼년, 구월, 이일

    당신이 말했던 그 파도입니다. 언젠가 당신이 내게 이것을 말했던 이유는 보여주고 싶기 때문이었습니까. 내가 무엇을 위해 파도를 보아야 했습니까. 혹 파도가 아닌 당신 때문이었습니까. 심란한 마음은 시각에서 비롯된 것이 아님을 나는 알고 있습니다. 비로소 바라본 것들이 깨지며 그만 흩어지고 말았습니다. 그러나 시각이 흩어지는 것은 나의 일부분에 불과합니다.

이천이십삼년, 구월, 삼일

희게 센 머리와 흐르는 땀줄기. 내가 읽은 것은 그러한 것들이었습니다. 나는 그런 것들만 굳이 꺼내어 읽었습니다. 달궈진 땅 밑에는 물이 흐릅니다. 땅은 지킵니다. 물은 지킵니다. 나는 언젠가 저자와 만날 겁니다. 그들에게 물로 가자고 할 겁니다. 그들이 기꺼이 나와 함께 가주리라 나는 생각합니다.

그들은 기다렸다는 듯, 나를 따라나설 것입니다. 누가 이끄는지도 모른 채 우리는 그저 걸을 겁니다. 혹 물에 다다르면 우리는 주저 없이 뛰어들 겁니다.

아십니까, 우리에게는 아가미가 있습니다.

뜨거운 햇볕을 피해, 땀이 흐르는 것을 피해 우리는 잠수할 겁니다. 얇디얇은 꺼풀은 우리로 하여금 모든 것을 선명히 볼 수 있게 해줄 겁니다. 우리는 모두 함께 이곳으로 걸어왔지만 그제야 서로를 볼 겁니다.

이천이십삼년, 구월, 사일

　여기에 누군가 외친 소리가 있습니다. 영원히 뻗어 갈 것만 같은 소리, 그러나 결코 크지 않은 소리가 있습니다. 그러나 이것은 바람이며, 시작의 때를 위한 이야기라는 것을 당신은 이미 알고 있을 겁니다.

　우묵한 공간에 들어찬 메아리는 공기 중에 흩어져 버렸습니다. 나는 당신과 놀던 어리인 때를 생각하고 있었습니다만, 그것은 이곳을 차마 메우지도, 밝히지도 못했습니다. 오히려 뜨거워진 낮에 고개를 떨구고 메아리가 죽어버린 그 공간으로 갔습니다. 그 모습은 자신도 죽을 수 있음을 알고 있는 듯했습니다. 말리지는 않았습니다. 아니, 그 전에 가능하긴 한 건지 나는 생각해 보아야만 했습니다.

이천이십삼년, 구월, 오일

처음에는 어딘지도 모른 채 그렇게도 목이 쉬도록 부르 짖었던 것 같은데 말입니다, 생각해 보면 무모하기도 했더 랍니다. 하루에 말을 조금 많이 하기만 해도 목이 막혀, 스 스로 말수를 줄이곤 하는 내가, 그런 내가 실제가 아니라 고 한들 이렇게까지 처절할 수 있다는 것에 나는 내심 놀 라기도 했습니다. 아십니까, 많은 것이 바뀌었습니다.

아십니까, 내가 당신을 부르는 소리는 이제 퍽 작아져 거의 들리지 않습니다. 귀가 웬만큼 밝지 않다면, 혹 굳이 기울여 듣지 않는다면, 그것은 작은 새의 날갯짓과 같을 겁니다. 당신이 듣는 것 같다고 느꼈으므로 나는 이렇게나 작게 소리 낼 수 있는 것임을 당신은 아십니까. 아마 아실 테지요. 듣고 있을 테니 말입니다. 기다려 주십시오, 곧 소 리를 높이겠습니다.

이천이십삼년, 구월, 육일

찰나의 드리움에 당신은 숨어버렸습니다. 공교롭게도 세상은 희어져 누구도, 무엇도 그 자신들의 몸조차 보거나, 보지 않았습니다. 나 또한 아무것도 보지 않았습니다. 그러나 솟아난 하나의 탑만은 선명했습니다. 푸른색인가, 자주색의 그림자가 흰 세상에 솟아나는 것을 나는 보았습니다. 그것을 나뿐만 아니라 모든 이가 보았습니다. 숨어버린 당신도 또한 보았습니다.

그 색을 보고 나는 이제 저녁임을 알 수 있었습니다. 그러나 세상은 아직도 흽니다. 마지 저녁이 오지 않을 것만 같습니다. 아니, 저녁을 지나서 밤도, 그다음의 아침도 오지 않을 것만 같은 흰색입니다.

탑에 드리운 그림자는 아직도 푸릅니다.

이천이십삼년, 구월, 칠일

　타닥이는 당신의 눈총에 나는 어쩔 줄 몰라 합니다. 당신이 나를 볼 때 종종 그 무엇도 당신으로부터 숨길 수 없다는 느낌을 받을 때가 있습니다. 그러나 무엇을 내가 당신으로부터 감추려 하는지 나는 찾아낼 수가 없습니다. 감춘다는 개념을 당신 앞에선 존재케 하지 않으려고 했는데, 그럴 수 없었나 봅니다. 그러니 말해주십시오, 무엇입니까, 내가 감추고 있는 것은.

　내가 그것을 깨어 부수겠습니다. 혹 당신도 모르겠다면, 내가 찾아 나서겠습니다. 긴 시간이 흘러 마침내 내가 알게 되면, 그때에 나는 노쇠할 것이므로 내게는 그것을 당신에게 알릴 힘조차 남아있지 않을 것입니다. 그러니 당신이 나의 것을 깨 주십시오. 당신의 손으로 끝내주십시오.

이천이십삼년, 구월, 팔일

그 소리에 나는 눈을 떴습니다. 아침부터 울어대는 새를 그러나 반겼습니다.

옥옥대는 멧비둘기는 수명을 달리했습니다. 내 앞에서 죽어갔습니다. 끈질긴 날갯짓을 봤습니다. 연약한 생명이 끊어질 듯했습니다. 당신은 가끔 특정한 계기 없이 부담스럽게 느껴질 때가 있다고 말하곤 했습니다. 어떤 거대한 존재가 자신으로 인해 죽어간다는 말을 해댔습니다. 그의 눈을 보며 나는 당신이 하던 그 말을 생각해 냅니다.

"가끔 특정한 계기 없이 부담스럽게 느껴질 때가 있어. 뭐가 그렇게 부담스러우냐고 물으면 사실 나도 특정한 무언갈 말해주기 어렵지만 들어봐, 이런 거야, 사실 나는 이 부담스럽다고 느끼는 나 자신의 실존에 대해서도 의심돼. 혹자는 실존이 본질에 앞선댔지. 하나, 명백히 부담스러움을 느낀다고 말하면서 그것이 무엇에 대한 것인지조차 제대로 말할 수 없는 상태라면, 그것이 존재함을 어떻게 증명할 수 있지? 이 상황에서, 이상하게 들리겠지만 이 질문의 책임을 너에게 묻는다면 말이야, 너는 어떻게 반응하겠어?"

이천이십삼년, 구월, 구일

샛노란 강조 색의 갈색 병이 빛납니다. 그 병의 안쪽에
는 이제 무수한 향이 맺혔습니다. 그것을 얼마간은 침대
며, 카펫이며, 옷장에 뿌려두곤 했는데, 이젠 기억나지도
않는 향입니다. 그러나 색만은 선명합니다. 나는 당신이
둥그런 항아리 속의 빗물처럼 남아 있을 거라 생각하곤 합
니다. 그것은 아주 오랜 시간 구워낸 아주 커다란 항아리
입니다. 얼마간 볕이 내리쬐어도 결코 증발하지 않을 정도
의 양으로서, 그 속에서 당신이 살아갈 겁니다.

항아리를 만든 자는 당신이 아주 오래 살길 바랐을 겁니
다. 어쩌면 그는 당신이 영원히 살길 바랐을지도 모르겠습
니다. 그러나 그것이 당신의 영원인지, 그의 영원인지 우
리는 알 길이 없습니다.

이천이십삼년, 구월, 십일

　나는 이 편지를 당신이 읽지 않게 될 세계에 관해 생각해 보았습니다. 당신이 아니라면 누가 이것들을 받아 읽을 수 있을지 말입니다. 누가 이것들을 감히 감당해 낼 수 있을지도 말입니다. 그 세계에서 나는 어떠한 이유로 글을 쓰고 있겠습니까. 당신게 묻고 싶습니다. 나는, 나의 글은 그곳에서라야 내 것이 되어버리는 겁니까.

　그제야 나는 나의 글, 나의 편지에 대한 소유권을 비로소 주장할 수 있는 겁니까. 그때 이 편지가 비로소 내 것이 된다면 말입니다. 그렇다면 이곳에 존재하지 않을 당신은 나의 편지가 아닌 그 무엇을 보고 있으렵니까.

이천이십삼년, 구월, 십일일

　나의 당신은 실존에 기반합니다. 현재 당신의 실체를 확인할 수는 없지만 말입니다, 나는 당신에게 말을 걸 수도 있습니다. 우리는 대화를 나누고요, 눈을 또한 맞추고, 어느샌가, 아주 오래전부터 우리는 단어를 상실했을 겁니다. 그럼에도 불구하고 우리의 생각은 구를 겁니다. 어떠한 새로운 체계를 가진 채.

　뒤엉키는 문장들을 헤집고 우리는 그 위에 새로운 세계를 밟아나갈 겁니다. 새로운 법, 새로운 문화가 그곳에는 존재하게 될 겁니다.

이천이십삼년, 구월, 십이일

   당신이 기대어 앉았었던 그 벽에 당신의 등만큼 우글거리는 주름이 생겼습니다. 벽에 다시 붙지 않을 만큼 벽지가 울어댑니다. 당신은 이제 더 자랐습니까. 혹 당신을 키워낸 그 세계도 얼마만큼의 열정을 가진 것처럼 당신을 따라 커지고 있습니까. 그것의 속도를 당신은 가늠할 수조차 없습니까.

이천이십삼년, 구월, 십삼일

    그의 행적을 나는 오래 지켜보아 왔습니다. 그간 나는 그를 이해할 수 있었고, 한편으로 기이하다고 생각하기도 했습니다. 그러나 몇 가지 내가 의심할 수 없을 것만 같은 존재감들이 그에게는 있었습니다.

    그의 호의는 사랑에서 비롯된 것인가 나는 한참을 생각해야만 했습니다. 호의로 칭할 수 있는 건가 싶기도 했습니다. 다른 무언가일 수도 있다고 말입니다. 사내의 어깨는 퍽 경직되어 있습니다. 긴장된 상태로 팔을 걸쳐 들고 있습니다. 흐리게 번진 전조등이 번지르르르르르르—

이천이십삼년, 구월, 십사일

나는 많이 자랐습니다. 나는 이제 성인의 몸을 가졌으며, 마음은 모르겠지만, 성인의 몸을 가진 자들을 보고 살아갑니다. 그들 사이에서 살아갑니다. 그들 사이에서 숨 쉽니다.

나는 많은 것을 먹으며 자랐습니다. 나는 피를, 살점을, 땀과 치아를. 나는 차마 그들의 영혼을 먹을 수는 없었지만, 그들은 그것을 나에게만 주고 싶어 했습니다. 당신도 그러했을 겁니다. 나를 위해 당신은, 당신의 영혼을 끄집어내 가녀린 선들로부터 끊고, 마침내 잠깐 식어지는 것을 볼 수 있습니까.

단 한 번, 당신이 그러할 수 있다면 나는 기꺼이 그것을 받겠습니다만, 결코 삼키지 않을 것입니다. 그것은 나의 것이 될 수 없습니다. 내게 주려는 과오를 행하지 마십시오.

이천이십삼년, 구월, 십오일

울림. 이것은 나의 목소리와 기다리는 메아리입니다.

공간의 이해. 흐름. 당신이 보는 것은 흔적입니다. 두어 번 나는 걸었습니다. 시야가 흐려질 때가 있었습니다. 나는 당신에게 보여주고 싶은 세상이 있었습니다. 그것을 묘사해둔 노트가 있습니다. 카슬한 옷, 차가운 쇳덩이와 미끄러운 바닥, 나의 상상도와 동물들.

어떤, 신화 같은 것들을 당신에게 보여주고 싶었습니다. 당신이 불완전한 믿음을 가졌으면 해서, 그것을 나와 나누기를 나는 바랐었기 때문입니다.

이천이십삼년, 구월, 십육일

물 위의 세계가 선명합니다. 흔들리지 않으며, 견고합니다. 그러나 물에 맞닿아 있는 세계일수록 흔들립니다. 당신의 시야는 그렇지 않아서, 당신은 불안해지곤 했습니다.

당신은 얼굴을 물속에 처박았습니다. 세계는 흐려지며, 당신이 보던 모든 것은 이제 사라졌습니다. 그러나 사라졌다는 것은 당신에 한한 것이지, 그것이나 나 자체에 대한 것이 아니었습니다. 이것도 실상 중요한 것은 아니었습니다. 혹 나는 숨 쉴 것에 대해 생각하고 있었습니다. 들이마십시오.

혹 그곳에서 숨 쉬지 못한다면, 당신은 죽어버리고 말 테지요.

이천이십삼년, 구월, 십칠일

　당신은 언젠가 내게 이렇게 말하기를 두려워했습니다. 그것은 파괴적이지도, 거짓되지도 않은 것이었기에, 나는 당신의 두려움이 어디서 기인하는 것인지 알고 싶었습니다. 그러나 내가 물을 때마다 당신은 말없이 자신을 가리켰습니다. 그때에는 이해할 수 없었습니다. 당신은 극도로 예민하게 나를 보고 있었음을, 나를 살리고자 했었음을.

　나를 살리고자 했다는 것은, 당신이 나를 죽일 수도 있었음을 의미하는 것인지 나는 생각해야만 했습니다. 혹 당신이 아닌 무언가에 내가 죽을 수 있는지 생각했으나, 그런 경우는 존재치 않았습니다.

　당신에게 내가 있었습니다. 나의 모든 것이 당신에게 있었습니다.

이천이십삼년, 구월, 십팔일

그림자의 손이 내게 인사하고 있습니다. 그 손가락 사이로 보이는 희미한 세계를 나는 보기 좋아했던 것 같은데 말입니다. 이제는 메워져 있는 아니, 닫혔다고 말하는 것이 맞을 것 같은 그곳에 뭐라도 보이는 듯, 그 뒤에 있는 것을 보기라도 하는 듯 쳐다보는 내게 그 손은 여전히 인사하고 있습니다.

오랜 기간 내게 인사해온 그림자에게 묻고 싶었습니다. 당신이 보는 나는 그대로인가 말입니다. 이 같은 질문을 하기 원한 까닭은 나와 그 사이에 아주 긴 공백이 느껴졌기 때문입니다. 그것을 나는 그가 내게 나누는 인사를 다시금 보고서야 깨달았을 만큼 이 관계는 연약한 것이었기 때문입니다. 더불어 이러한 관계에 있어, 그의 행위의 동기를 나는 이해할 수 없었기 때문입니다, 이해할 수 없을 것 같았기 때문입니다.

이천이십삼년, 구월, 십구일

"죽음이 아니라–."

"지금의 밤이 끝없이 이어지면 나는 무언갈 깨달을 수 있을까?" 안의 당신이 말했습니다. 어느 정도의 확신이 있어 보이는 말투에서 나는 당신이 밤을, 그 한가운데서의 깨달음을 원하고 있노라는 것을 알았습니다. 당신의 말은 선통 같은 것이었습니다. 나의 이해를 바란 것이 아니었습니다. 그도 그럴 것은 당신이 사라졌었기 때문입니다.

언젠가 돌아왔던 당신에게 나는 묻고 싶었습니다. 당신이 돌아온 것은 무엇 때문이었는지, 끝없는 밤을 당신은 찾았던 건지, 혹 찾지 못해 돌아온 것인지.

나는 이해하고 싶었습니다. 당신이 만든 부재의 타당함과 당신이 찾아 나섰을 것의 실존에 대해.

이천이십삼년, 구월, 이십일

　나의 입이 참지 못하고 떨립니다. 그 떨림은 머릿속 존재하는 부조리함의 자연적 반응입니다. 그러나 나는 감당치 못하므로, 두 손으로 그만 입을 막아버렸습니다.

　나는 당신이 말해야 한다고 생각합니다. 당신은 알고 있습니다. 사람들을 구할 수 있다고 믿습니까. 당신에게 그럴 만한 무언가가 있다면, 그것이 당신의 말이라면, 당신은 기꺼이 말하렵니까. 혹 그렇다면 누굴 위한 것입니까, 무엇을 위한 것입니까. 그 모든 말들을 하고 당신은 누구의 눈을 보겠습니까. 마주칠 눈이 있습니까.

　모두가 당신의 눈을 피하면 어떡합니까. 당신은 그렇다고 해도 괜찮은 겁니까. 그것을 깨달을 당신은 지평선을 그저 바라보고만 있어도 됩니까. 그곳으로 떨어질 해를 보는 것으로 만족합니까.

나는 기꺼이 당신의 대변인이 될 수도 있겠다고 생각했었습니다.

이천이십삼년, 구월, 이십일일

나는 어떤 여인의 열정을 보았습니다. 당신이 보았더라면 그녀의 열정을 부러워했을 것 같다고 생각할 정도였습니다. 그녀는 다소 이르지 않은 육체를 지닌 어린 영혼을 가진 자였습니다. 나는 그녀가 눈을 반짝이는 것을 보았고, 그녀의 눈에 닿은 것은 어린아이가 되는 것을 또한 보았습니다. 그녀가 나를 봤으므로 나는 울어야 했습니다.

그러나 눈물은 슬픔이 아님을 아시겠습니까. 호소임을 알아주겠습니까. 여인은 무엇을 보살피겠습니까. 무엇을 위해 울음이 터질 눈빛으로 그 눈에 닿는 모든 것을 훑습니까. 그녀의 시선이 두려워질 때가 있습니다. 그러나 두려움은 거부가 될 수 없음을 나는 그 눈빛에서 배웁니다.

그녀가 나를 봐주기를 바라는 것이 나의 울음의 의미일 수 있음을 나는 이야기합니다.

이천이십삼년, 구월, 이십이일

연이라면, 별의 의미는 영원할 테지요. 나와 당신은 언젠가 그럴 겁니다. 우리는 이곳에만 머물러 있을 수 없는 무언가가 되어 떠날 겁니다. 그곳에서, 아무것도 없어 보이는 그곳에서 우리는, 우리가 보지 못하는 것들을 찾을 겁니다.

우리가 그것을 인지할 수 있는 몸이냐고 누군가 물어온다면, 우리는 대답하지 못할 것입니다. 그것은 우리의 의지와 무관한 것이기에. 그러나 우리는, 그럼에도 찾아 나설 겁니다. 그것은 행동으로는 불가능할 무언가, 의지와 무관하지만, 의지가 가능성인 무언가. 우리는 물어 오는 질문에 그것을 제시하기 위해서, 대답하기 위해서가 아님을 이야기할 테지만, 아마도 그들에게는 무의미를 야기시킬 겁니다.

이천이십삼년, 구월, 이십삼일

여럿 존재할 이야기, 어떤 이에게는 삶과 같을 이야기가 여기저기에서 살고 있습니다. 어떤 곳에서는 삶 이상의 의미를 가지며, 군림한다고 볼 수도 있을 그런 것들을 나는 찾아다녀 본 적이 있습니다. 나의 경우, 그 시작은 당신이었습니다.

나는 당신이 들려주었던 어떤 전설을 적었습니다. 고대의 석상이나 바다의 괴물, 환상 같은 것은 아니었지만, 꽤 흥미롭고, 밝힐 수 없는 그런 전설, 사람들이 내심 기다리는 그런 전설이었습니다. 나 또한 그 이야기에 동요하곤 했습니다. 그것의 꿈을 꾸었다고 말하는 편이 좋겠습니다. 당신은 그것을 어디에서 들었는지 모르겠습니다. 당신에게도 이것은 전설인지 말입니다.

이천이십삼년, 구월, 이십사일

    이제 언어는 그 밑에 가라앉아 있던 모든 것들을 퇴적시킵니다. 한 번– 두 번– 흙탕물이 일듯, 단어가, 모음과 자음이, 소리가 크게 입니다. 그리곤 다시 흩어져 사람들의 곁에 흐릅니다. 우리의 언어는 이와 같을 것입니다. 나의 편지가 그 시작일 겁니다. 당신이 해석해야 할 수도, 자연히 이해하게 될 수도 있을, 가라앉아 있던 우리의 언어, 그것일 겁니다.

    언젠가 그것을 파내어 전시할 그 누군가에게 무어라고 남겨야 하는 것은 아닐지 나와 당신은 생각해야만 할 겁니다. 그에게 어떤 역할을 부여할지도. 그는 우리의 언어를 찾아 나설 겁니다. 모든 것을 찾아낼 수 있을지는 모르겠지만, 일부분은 일부분과 만나고, 그것들은 그로 하여금 역사를 쓰게 할 수도 있겠습니다. 그러려면 우리가 특히 신경 써서 남겨야 할 것 같다는 생각도 합니다.

이천이십삼년, 구월, 이십오일

　한참을 꽉 막는 것이 있었습니다. 땅이 젖은 것을 가장 먼저 알아차릴 때와 같았습니다. 당신을 부를 수 있겠다고 생각하던 때가 월 단위가 넘었습니다. 그럼에도 글을 쓴 것은 내가 아직 당신을 모르기 때문입니다. 첫 편지에 나는 가능성을 물었고, 두 번째엔 두려움을 밝혔습니다. 지금껏 나는 환상과 기대를, 묘사와 고민을, 아름다움과, 이제는 빈 낮의 얼굴을 이야기했습니다. 무엇을 더 말해야 할지 논할 당신이 필요합니다.

　당신에게 전해질 말을 당신이 정해야만 하는 때가 올 겁니다. 이해할 수 없는 의미를 마주하는 것이 될 겁니다. 그때에 당신은 모르는 체하겠습니까, 애써 무시하고는 당신이 존재하지 않을 환상만을 바라보겠습니까.

이천이십삼년, 구월, 이십육일

  당신을 만나 보이겠습니다. 그리고는 당신에게 단 하루
에 설명 가능할 것들을 이야기하겠습니다. 믿어주겠습니
까, 이것은 메아리입니다. 내가 이것을 이미 말했음을 당
신은 그 하루가 지나는 순간에 알게 될 것입니다. 그리고
그날이 지나면 나와 당신은 서로에게 사라질 겁니다. 그러
나 우리는 명백히 사라지기에, 당신이 돌아올 그것을 통해
직접 듣는 편이 빠를 수도 있겠습니다.

  오고야 말 메아리를 기다리십시오.

이천이십삼년, 구월, 이십칠일

당신 앞에 있는 축 처진 사람들이 당신은 보입니까. 그 사람들은 작가입니다, 화가입니다, 쫓기는 자들입니다. 그들과 같은 당신입니까. 그렇다면 예술을 하십시오, 세계를 존재케 하십시오, 부디 철저하십시오, 꿈을 주십시오, 땅을 밟고, 공기를 매만지며 속삭이듯 잡아먹으십시오, 고함을 치며, 가슴을 치십시오.

나는 당신,

당신은 나.

누구에게,

그렇게,

살고,

숨 쉬고,

사랑하고,

증오하고,

진리를 쫓거나

진실을 욕하거나,

어떤 세계를 꿈꾸거나,

혹 실제로 만들거나,

그렇게 인간인 당신과,

인간인 나와.

3장

욕망

그러나 이제는 아름다운지, 혹 치명적인지 모를 이 감상들에 머물러 있을 여유가 내게는 없습니다. 알아주시겠습니까, 세계에 관하여 이야기하는 것이 우리에게 물론 필요하다는 것을 느낍니다. 세계로의 소망을 사람은 의식적, 무의식적으로 가질 겁니다. 더불어 이것이 자연적이지 않다고 우리는 말하기 어렵겠지만, 나의 의구와 질문이 이곳에 존재해 왔으므로, 나는 앞선 이야기들의 의미를 이야기하지 않을 수 없습니다.

욕망. 이것은 모든 세계와 그 앞에, 나아가자면 이상에 관한 이야기입니다. 이러한 세계를 알고자 하는 것 즉, 관심을 두는 것은, 나아가 거기에 다가서는 것은, 내가 어느 정도 이상 간단하게 말하고 있지만, 무엇보다 중요한 일이라고 말해두고 싶습니다. 그러나 세상에 존재하는 관심 대부분은, 특히 그것이 자신이 아닌 타인에 대한 광적인 것이라면, 나는 그 모든 것들이 대상과 그들 세계의 본질을 알지 못하는 경우라고 말하겠습니다.

이때, 그들은 영영 대상을 알 수도 없을 것이며, 나아가 변질된 방향성의 관심은 세계와 그 세계에 존재하는 모든 것의 절멸을 또한 의미할 만한 것이 될 수 있음을 나는 말하겠습니다. 변질된 관심의 방향성은 새로운 길을 창조하지 않습니다. 나는 그렇게 말하고 싶지 않습니다. 그것 또한 새로운 길이라고 말하려던, 물론 그렇게 해도 좋습니다만, 그것에 어떠한 의미가 가치로서 존재하며, 추구해야 할 방향성을 지니는지 누군가는 설명할 수 있어야만 할 것입니다.

내가 강하게 몰아붙이는 듯싶겠지만, 실상 내게는 어떠한 힘도 없습니다. 이렇게 주장하는 것도 나의 고집에 불과할 뿐이겠습니다. 그러니 알아주시겠습니까, 내가 말하고 싶었던 것은 우리가 다른 것을 말할 수 있음을, 그 가능성을 새로이 이야기하면 어떠냐는 것입니다. 당연히 아무것도 없이 이야기하자는 것이 아니라는 것도 말입니다. 그것이 한편으로는, 비로소 이 내용과 나의 편지를 책으로 엮어낸 이유이기도 합니다.

처음의 의구로 돌아와 다시금 마주합니다. "사람은 왜 타인에 대한 관심을 가지는가." 나는 오직 그것의 시작도, 어쩌면 끝도 자신에게 있음을 말하겠습니다. 나는 타인에 대한, 그 광적인 관심—광적이라는 표현만을 고집하는 까닭은 이것이 내가 이제껏 보았던 '타인에 대한 관심'이란 것의 본질적 형태를 가장 유사하게 표현하는 것이었기 때문입니다. 동시에 이는 추상적이나, 웬만큼 자극적이므로, 어느 정도의 크기를 누구나 가늠해볼 수 있으리라 생각했기 때문입니다. 일러두건대, 그것의 명확한 크기나 모양을 우리는 피상적 드러나는 결과로서의 형태로 인한 추상을 제외하고는 알 수 없을 겁니다.—은 사실 자신에 대한 관심의 이상적 발현이라고 말하겠습니다. 그러니까 이 이야기는 곧, 모든 관심의 근원은 자신에 대한 앎의 욕망이라는 것입니다. 또한, 이것이 지금까지 자연적이라고 불려 온 방식으로 표출될 수밖에 없었던 것의 근원이라는 것입니다. 이것이 내가 생각해온, 이제부터 이야기하고 싶은 광적인 관심의 본질입니다.

　나는 언젠가 우리는 우리 자신을 거울로만, 그러니까, 어딘가에 비치는 형상으로만 온전히 볼 수 있다는 것에 관해 생각했던 적이 있습니다. 이를 이상하게 생각하지 않았던 나를 당연하다 여겼습니다. 실제로 그렇습니다, 이것은 자신이 일인칭의 시점으로 제한되어 있다는—제한이란 말이 어색할 정도로 당연하여—, 전혀 이질감이 들지 않는 이야기입니다. 물론 이곳에서 나는 "일인칭이 시점의 한계라는 것은 우리가 정한 심리적 제약이며, 사실 우리에게는 우리 자신을 삼인칭 시점으로 볼 수 있는 현실적인 차원에서의 가능성이 존재한다." 따위의 이야기를 하려는 것이 아닙니다. 나아가 혹 그리된다 해도 바뀌는 것은 자기 뒤통수를 스스로 볼 수 있다는 것뿐이니 말입니다.─이의 가정을 굳이 길게 이야기하고 싶지 않았음을 이해해 주시기 바랍니다.─ 그러나 우리가 말해왔던, 또한 말하고자 하는 자신이란 무엇이겠습니까, 그것은 우리가 자아라고, 인격체나 영혼이라고도 부르는, 우리가 감히 다루고 있는 사람의 본질이라는 것입니다.

다만, 일인칭의 나 즉, 삼인칭의 불가능성을 당연하게 생각하듯이, *사람들은 당연하게 자신의 존재를 잊곤 합니다. 그러나 사람은 본시 궁금해합니다.* 그렇기에, 세계에 대한 의구 즉, 앎의 욕망은 자신이 아닌 자신의 세계 어딘가 떠다니는 존재 중 인식 가능한, 자신과 가장 닮아 있는 타인에게 비로소 발현되는 것입니다. 이를 비정상적이라고 보기에는 도리어 우리가 처한 세계의 한계로 말미암은 지극히 자연스러운 과정이라고 우리는 볼 수도 있을 것입니다. 그러나 또한, 그것이 발현되는 시점의 대상이란 것이 처음부터 뒤틀린 상태였으므로, 그 방향성이 뒤틀리는 것은 당연하리라고 나는 생각했습니다.

여기에서 생각해 볼 수 있는 것은 두 가지인데, 하나는 "이것이 자연적 형태의 것이라면 우리에겐 그것을 거부할 의지나 가능성이 존재하는가."이며, 다른 하나는 "뒤틀렸다던 그 방향성과 관심은 무엇을 초래하는가, 다시 말해 사람을 기준으로, 그 특정 시점 이래 뒤틀린 광기가 된 관심은 어떤 세계를 만들었는가."입니다.

뒤이을 「이상」에서 나의 이야기는 끝나게 됩니다. 그러나 내가 위 질문들을 이곳에 남겨두는 까닭은 그래, 이것이 이곳에서 끝나지 않을 이야기이기 때문일 겁니다.

이상

책의 시점으로는 가장 처음, 그 언젠가 나는 의구를 품었고, 이쯤이 되어서야 나는, 나의 의구와 대치하던 광기의 근원을 마주하게 되었습니다. 그때 나는 왠지 모르게 무엇인가 떠올렸던 것 같지만, 이것을 처음 발견했을 당시 나는 그것을 인지하지 못했습니다.

그 앞에 선 나는 먼저, 무엇을 해야 할지 몰랐습니다. 그와 동시에 내가 무엇을 해야 할지 고민하는 이 발상은 옳은가를 생각하기 시작했습니다. 이는, 가능성이란 존재하는지 묻는 것이었습니다. 이 정도가 되었을 때부터 나는 최대한 조심해서 이어 나가기로 했습니다.

그러나 허무할 정도로 금세 그만두었습니다. 그 무엇보다 분명하게 눈앞에 있었습니다. 그순간 막상 드러난 것에 대해 나는 과연 무엇을, 아니 어째야 하는 건지, 나는 경직될 수밖에 없었습니다. 그러니까 내가 지금 하는 말은, 정말 혼란에 빠졌다는 것입니다. 글의 묘사가 얼마나 이것을 설명해낼 수 있을지 모르겠습니다만, 내가 보고 있는 이 근원은 지금껏 보고 있던 것이 전부 환상일 수 있다는 이야기마저 내게 속삭여댔고, 나는 아무것도 하지 못한 채 들어야만 했습니다. 나는 선택해야 했습니다.

나는 어느 정도 이상으로 두려워지기도 했습니다. 그러나 두려운 마음이라도 존재함을 인식해야만 했습니다. 불가침이 존재한다면, 나는 외쳐야 했습니다. 그것이 어떠한 마찰도 일으키지 않고 끝없이 나아가다가, 그 어딘가에 튕겨 내게로 돌아올 메아리를 기다려야만 했습니다. 그렇게라도 가늠해보지 않으면 안 될 것 같았습니다. 어쩌면 그것이 유일할 것이라는 생각이었습니다. 이것은 호소, 말 그대로 그런 종류의 것일지도 모릅니다. 그러나 몇 인간은 그 자신이 인간이라는 사실과 싸웁니다. 그들 모두가 무릎을 짓이기며 기어가는 것을 나는 봅니다.

  나는 글을 쓰게 되었습니다. 그러나 나는 우리가 무엇을 할 수 있으며, 해야 할지 제시하고자 이 글을 써 내려간 것은 아닙니다. 내가 그렇게 하는 것이 가능하다고 나는 생각하지도 않습니다. 스스로 벅찼기 때문이라고 말할 수도 있겠습니다. 이것이 내가 여러분에게 도움을 청하는 것이라 들리기도 하십니까.

  구십일 일의 편지, 이것은 고작 가능성을 논하는 것이자 피상적으로는 그저 어떤, 쓰는 행위의 반복, 흔히 창작이라 불리는 것에 그칠 수 있는 정도의 것입니다.
  실상 그것이 맞으며, 동시에 그와는 완전히 다른 어떤 소리, 무차별적 염원의 외침이라고 나는 말하고 싶습니다. 이전에 나는, 사람의 한계에 관해 이야기했습니다. 그것을 비논리적인 태도와 더불어 억지로 부정할 의지도, 이유도 없다고 언급했습니다. 그리고 나는 또한 말했습니다, "사람들은 쉽게 자신의 존재를 잊곤 한다."라고 말입니다. 그렇다면 말입니다, 우리는 잊지 않을 수 없는 건지 모르겠습니다.

그러나 내가 생각하는 망각은 자연스러운 것입니다. 이렇게 말할 수 있음은, 시절과 감정과 생각과 마음이 연속적으로 존재하기 때문입니다.

불필요할 것 같은 내용인 망각이란 것을 통해 내가 말을 꺼낸 까닭은 어쩌면 그와는 완전히 다를 수 있을 기억이란 것을 이야기하기 위함이었습니다. 그러나 이것은 기억 너머의 주제가 될 수 있습니다. 기억에 관한 이야기에서, 아니 인식에 관한 이야기에서, 아니 그것들 모두에서, 자신의 존재란 그럴 수 없다고 나는 말하고 싶습니다. 그것을 기억과 같이 다룰 때 망각이란 개념이 이곳에 존재한다면, 존재의 망각 이후 우리에게는 광기가 남습니다. 그때에 의구의 원인을 우리는 저버리지 못합니다. 말하자면, 나는 그렇게 사라져버리고 싶지 않습니다. 그것이 두렵습니다. 이 때문에 나는 극도로 절망적이라 볼 수 있을 만한 이곳에서 지극히 자연스레 맹목적인 희망을 품어, 우리에게 감히 소멸하지 않을 가능성이 존재하지는 않을지 묻고자 합니다.

어느 날 나는, 내가 쓰고 있는 이것이 무엇인지 말해 보려고 했습니다. 많은 생각을 했지만, 명확히 설명하기 어려운 이것입니다. 이는 나조차 내 생각을 확신하지 못하는 까닭이겠습니까. 그러나 나는 또한 추구해야 한다고 생각합니다. 한편으로는 의지적으로 추구할 수 있어야만 한다고 생각합니다. 이것은 어쩌면 내가 이 책에서 처음으로, 그러나 가장 연약한 마음으로 외치는 유일한 주장이 될 겁니다. 우리는 이제 어떤 이야기를 해보아야 합니다. 우리는 감히 가늠해보고 있는 것일지도 모릅니다. 인간과 세계, 우리는 얼마나 존재할지도 모를 그 간극이란 것을 어찌할 수도 없을 겁니다. 그래, 우리는 극복할 수 없는 것일지도 말입니다. 우리는 진정 우리의 자연적 연약함을 호소하는 것밖에는 할 수 있는 것이 없을지도 말입니다. 그러나 내가 말했던 어떤 맞닿음 만큼 먼 그 어떤 이야기들의 끝, 그곳에서 우리가 모일 수 있게 된다면, 바로 그곳에서 우리는 다시, 거기서부터 비로소 말하는 것이 가능해질 또 다른 이야기를 할 수도 있을 것입니다.

반사되어 비치는 세계만을 보고 있습니다. 이는 명백히 선명한 세계입니다. 견고하고, 높고, 아름답다고 느낍니다. 우리가 지금은 모르는 어딘가에 세계는 비치고, 우리의 얼굴 또한 그곳에 비쳐 우리는 세계를, 우리를 볼 수 있습니다만, 그것을 헝클어뜨리고 얼굴을 그 속에 처박으면 보일 세계를 나는 말하고 싶은 것입니다. 그것은 우리가 아닐 수도 있겠지만 말입니다, 어떻게 아닐 거라고 확신할 수 있겠습니까.

나는 메아리를 기다리겠습니다.

이유 2

이 글이, 이 혼잡스러운 글이 나는 어떻게 될지, 되어야 할지 모르겠습니다. 이것이 어느 정도는 형식적인 역할을 고민하는 행위의 매개일 수 있을 겁니다. 뭐랄까, 먼저 말하고 싶은 것은 이 글에 나는 특정한 바람이 없었다는 것입니다. 사실은, 이 말조차 오류인 것을 알고 있습니다. 글을 쓴다는 행위부터가 기본적으로 기록을 목적으로 하는 것이지 않겠습니까, 나아가 책을 펴낸다는 것은 어떠한 의지를 갖추고 하지 않으면, 시작할 수는 있어도 끝을 맺는 것은 불가능하다고 생각합니다. 그러한 이 활동에 특정한 바람이 없었다고 말하는 것은 내가 말장난이나 하는 것,

나아가 글을 쓴다는 행위를 과소평가하고 있는 듯 여겨질 수도 있을 것 같습니다. 그런데 뭐랄까, 정말로 이 책에 나는 바라는 게 없습니다. 애초에 바란다는 표현조차 나와 이 책의 관계에 있어선 부적절합니다. 이 책은 나와, 어떤 주제를 위한 것이었으니까, 앞으로도 그렇게 존재할 것이니까. 그저 그것뿐이라는 생각을 했습니다.

따라서 나는 이 책이 진정 어떻게 되어도 좋습니다. 또한, 실상 이것은 그 내용의 끝이 다소 부족합니다. 「이상」의 마지막 부분으로 갈수록 나는 희미하게 써 내려갔습니다. 특히 마지막 문단에선 다시금 추상적 표현을 적어내려 놓았습니다. 현재로는 명확하지 않은 것들을 나열하고, 묘사하며, 존재케 한 것이 그것입니다. 결과적으로 나는 끝맺지 않았습니다. 끝맺지 못했다고 말하는 것이 옳겠습니까. 뭐든 간에, 이것이 현재는 어떤 진실 같은 것입니다. 그러나 이것은 적어도 내가 원한 것임을 알아주시겠습니까.

이것은 여기에서 끝날 수 없습니다, 끝나서는 안 됩니다.

내가 생각하는 이론의 본질은 제시입니다. 이것의 결과
적 역할은 법칙을 세우는 것에 있다고 말할 수 있지만 말
입니다, 나는 제시가 그 가능성을 존재시킬 유일한 조건이
자 원인이라는 점에서 가장 중요하게 생각하는 것입니다.

나는 훗날, 이 책의 내용을 바탕으로 한 어떤 이론을 이
야기하고 싶습니다. 내게 이야기한다는 말의 의미란, 단지
외치고 싶다는 것입니다. 이 책은 물론, 내가 현재 상상하
고 있는 정도의 수준을 말하기 위했던 내용은 아닙니다만,
이곳에서만 은밀히 다루었던 주제로 내가 가졌었던 질문
과 그에 상응하는 생각들, 한없이 연약하고 소중한 것들만
으로도 우리는 얼마간 말할 수 있을 것입니다.

더불어 나는 말하고 싶습니다. 언젠가, 그때에 또다시
존재할 나의 책에는 어느 정도의 확신이, 그러나 여전히
소중한 것들이 그곳에 동봉되어 있으리라는 것을.

이것을 믿어주시겠습니까.

작가의 말

이것이 가늠의 가능성에 관한 책이길 바란다.

가늠이라는 것은 객관적인 어떤 측정 체계를 전제로 한다. 그러나 이와 같은 명제에서 우리가 마땅히 떠올릴 만한 의구는 그러한 체계 없이 우리는 무엇을 측정할 수 있느냐는 물음과 같은 것이다. 또한, 측정하고자 하는 대상이 우리의 객관이란 것으로 제한되지 않는다면 말이다. 인간은 그 자신이 인간이라는 사실과 싸운다고 언급한 나는 이것이 더는 단순 형이상학적 묘사가 아닌 실재적인 현상의 구체적 묘사라고 생각한다. 실로 이는 끈질기며 처절하다.

나의 아버지, 어머니께 깊이 감사드린다. 그들의 삶은 내게 편지와 같은 것이었다.

　나의 유일할 미술 선생께 한 문단을 올린다. 그의 말에서 나는 불완전을 마주할 가능성을 보았다.

　끝으로 이상의 모든 내용을 펴낼 수 있도록 힘써주신 미다스북스께 깊이 감사드린다.

이천이십삼년, 십일월

조나단